शादी हिमाक़त है

शौक़त थानवी

सम्पादन एवं संकलन

शुऐब शाहिद

BOOKS
राजकमल प्रकाशन

BOOKS राजकमल प्रकाशन

रेख़्ता बुक्स
बी–37, सेक्टर – 1, नोएडा
उत्तर प्रदेश – 201301

contact@rekhta.org | www.rekhtabooks.com
www.rajkamalprakashan.com

प्रथम संस्करण : नवम्बर 2022

ISBN : 978-93-91080-81-5

मूल्य : ₹ 149

शादी हिमाक़त है

शौक़त थानवी

टाइटल कैलिग्राफ़ी : धर्मेन्द्र सुशांत

मुद्रक : ज़ाविया प्रिंट, दिल्ली

उन बच्चों के नाम

जो मुझसे पहले पैदा हो चुके हैं

शौकत थानवी

शौकत थानवी उर्दू के उन चन्द कहानीकारों में गिने जाते हैं जिनकी हास्य-कहानियों ने क़ारईन के बीच ग़ैर-मामूली मक़बूलियत हासिल की। उनकी हास्यास्पद घटनाओं को मनोरंजक बनाकर पेश करने के फ़न ने पढ़ने वालों के दिल में जगह बना ली और उनकी कहानियाँ आज भी लुत्फ़ लेकर पढ़ी जाती हैं।

शौकत थानवी (मूल नाम मोहम्मद उमर) की पैदाइश 2 फ़रवरी 1904 को वृन्दावन में हुई। उनकी उर्दू और फ़ारसी की शुरूआती तालीम घर पर हुई और पिता के रिटायर होने के बाद लखनऊ चले आए। यहाँ शौकत थानवी की तख़्लीक़ी सलाहियत को फलने-फूलने का मौक़ा मिला। सन् 1932 के आस-पास हास्य कहानी "स्वदेशी रेल" लिखी जिसको ख़ासी शोहरत मिली। इसी शोहरत के कारण ऑल इंडिया रेडियो में नौकरी मिल गई।

शौकत थानवी ने अपनी कहानियों में शब्दों के उलट-फेर से, लतीफ़ों से, रिआयत-ए-लफ़्ज़ी से, मुहावरे से, इमले की बे-क़ायदगी और ज़्यादातर हास्यपूर्ण घटनाओं से हास्य पैदा किया। उन्होंने हास्य की कुल चालीस किताबें लिखीं जिनमें 'मौज-ए-तबस्सुम', 'बह्र-ए-तबस्सुम', 'सैलाब', 'तूफ़ान-ए-तबस्सुम', 'सौतिया चाह', 'कार्टून', 'बदौलत', 'जोड़-तोड़' और 'ससुराल' अहम हैं। इसके अलावा उन्होंने शायरी भी की, रेडियो के लिए ड्रामे भी लिखे और 'शीश-महल' के

नाम से ख़ाकों का एक मज्मूआ भी पेश किया। आख़िरी वक़्त में वो पाकिस्तान चले गए और वहाँ भी उन्होंने रेडियो में कुछ वक़्त तक काम किया। 4 मई 1963 को लाहौर में उन्होंने आख़िरी साँस ली।

दिल से जो बात निकलती है...

अब जबकि आप शौक़त थानवी को पढ़ने लगे हैं और बिलआख़िर आपने अपनी आक़िबत ख़राब करने का इरादा कर ही लिया है तो आपको आगाह करना मैं अपना फ़र्ज़ समझता हूँ। किताब के उन्वान को चाहें तो नज़र-अंदाज़ करें या चाहें तो इसे एक अहम मशविरे की सूरत क़ुबूल फ़रमा लें।

अगर आप ग़ैर-शादीशुदा हैं तो ये किताब बिलकुल मुनासिब हाथों में हैं। और अगर 'वो' हो चुका कि जिसका होना अज़ल से लिखा था, तो मेरी अख़लाक़ी हमदर्दी आपके साथ है।

उन्वान कोई भी हो, लेकिन एक दैरीना ख़्वाहिश थी कि शौक़त थानवी साहब के कुछ मज़ामीन को जमा करके एक ऐसी किताब मुरत्तब की जाए कि जो उर्दू के रस्म-उल-ख़त न जानने वालों का ताल्लुक़ इस क़लम-ए-नायाब से क़ायम कर सके। कोशिश की गई है कि थानवी साहब की अलग-अलग किताबों से इस तरह के मज़ामीन का इंतिख़ाब किया जाए कि जो न केवल आपको हँसाने और गुदगुदाने का सामान हो बल्कि उर्दू मिज़ाह-निगारी से एक शानदार तारूफ़ आपका करा सके।

इस किताब का ख़ाका पिछले कई बरस से ज़हन में रहा। लेकिन किताबों और बेगमात के ज़िन्दगी में आने का एक वक़्त मुक़र्रर होता है। लिहाज़ा अब अरसा-ए-दराज़ के बाद ये

किताब आपकी बसारतों के हवाले है। कोशिश की गई है कि मज़ामीन का रस्म-उल-ख़त तो तब्दील हो। हस्ब-ए-ज़रूरत एडिटिंग से भी काम लिया जाए। लेकिन ख़ास तवज्जो इस पर, कि उर्दू ज़बान-ओ-अदब की लताफ़त में कोई तब्दीली वाक़ेअ न हो। बहरहाल अदब में तनक़ीद की गुंजाइश हमेशा ही बनी रहनी चाहिए, सो है।

- सम्पादक

फ़ेहरिस्त

क्रिकेट मैच

बाज़ दोस्तों ने सियालकोट चलने को कहा तो हम फ़ौरन तैयार हो गए मगर जब ये मालूम हुआ कि इस सफ़र का मक़सद क्रिकेट मैच है तो यका-यक साँप सूँघ गया। सफ़र का तमाम वलवला एक बीती हुई याद की नज़्र हो कर रह गया। अब लाख-लाख सब पूछते हैं कि चक्कर आ गया है। फ़ालिज गिरा है। क़ल्ब की हरकत बन्द हो रही है। आख़िर वाक़िआ क्या है मगर किसी को कुछ न बता सकते इसलिए कि कोई मामूली बात न थी कि सरसरी तौर पर बता दी जाती। इसलिए कि जिस तफ़्सील की ज़रूरत है वो उस वक़्त मयस्सर न थी। अब मयस्सर होने का इम्कान है तो अर्ज़ किए देते हैं।

आप घबराइएगा नहीं और न इसको बदहवासी समझिएगा, ये क्रिकेट का क़िस्सा है और हॉकी से शुरू हो रहा है। हम आपको यक़ीन दिलाते हैं कि हमको हॉकी और क्रिकेट का फ़र्क़ मालूम है। मसलन हॉकी का गेन्द सफ़ेद होता है और क्रिकेट का काला और मसलन... मसलन... ये। मतलब ये

कि मिसाल के तौर पर सैंकड़ों फ़र्क़ अर्ज़ किए जा सकते हैं। ख़ूब याद आया मसलन क्रिकेट में रन बनाए जाते हैं और हॉकी में गोल। हॉकी में गोलकीपर होता है और क्रिकेट में विकेट कीपर। मतलब अर्ज़[1] करने का ये है कि ज़मीन आसमान का फ़र्क़ है इन दोनों खेलों में। और हम क्रिकेट की दास्तान जो हॉकी से शुरू कर रहे हैं इसका ब-ख़ुदा ये मतलब नहीं है कि अब हम इतने ही गोया गावदी हैं कि हॉकी को क्रिकेट या क्रिकेट को हॉकी समझते हैं। बल्कि क्रिकेट की दास्तान हॉकी से शुरू करने की वज्ह ये है कि हमारा क़िस्सा अस्ल में हॉकी ही से शुरू होता है।

स्कूल के ज़माने में हम हॉकी खेला करते थे और कुछ अच्छा ही खेलते थे कि हमको स्कूल की उस टीम में ले लिया गया था जो टूर्नामेंट खेलने वाली थी। चुनांचे हम टूर्नामेंट के मैचों में खेले और ख़ुश-क़िस्मती से हमारी टीम फ़ाइनल में भी पहुँच गई। पहुँच क्या गई, बल्कि जीत ही जाती अगर हमारी नज़रें ऐन उसी वक़्त जब कि हम आसानी से गोल बचा सकते थे तमाशाइयों में वालिद साहब पर न पड़ जातीं जो आए तो थे मैच देखने मगर आँखें बन्द किए कुछ बड़बड़ा रहे थे और कुछ अजीब रिक़्क़त-अंगेज़[2] चेहरा बना हुआ था उनका। हमने उनको दिल ही दिल में कहा कि आज कहाँ आ गए और वहाँ शोर हुआ गोल हो जाने का। इस शोर से हम भी चौंके और वालिद साहब ने भी आँखें खोल दीं और कुछ ऐसी क़हर-आलूद[3] निगाहों से देखा कि हमारी हॉकी से तबीअत उचाट करके रख दी। अब हमारी टीम लाख-लाख ज़ोर लगाती है गोल उतारने के लिए मगर मालूम होता है

कि उस तरफ़ की टीम के किसी खिलाड़ी के वालिद साहब तमाशाइयों में थे ही नहीं। नतीजा ये खेल ख़त्म हो गया और हमारी टीम हार गई। अब जिसको देखिए वो हम ही को इस का ज़िम्मेदार ठहरा रहा है।

"भई ये हुआ क्या था, सो गए थे क्या?"

"कमाल कर दी तुमने, गेन्द टहलाता हुआ तुम्हारे सामने से गोल में चला गया और तुम मुँह उठाए खड़े रहे। हद कर दी तुमने भी।

"हारने का अफ़सोस नहीं है, मगर ये तो मुफ़्त की हार हुई।"

तमाशाइयों में से एक साहब कहते हुए निकल गए, "रिश्वत में अफ़ीम मिली थी खाने को, गोली खाकर गोल करा लिया।"

अब किसी को हम क्या बताते कि हम पर क्या क़यामत गुज़र रही थी उस वक़्त। लानतें बरसती रहीं हम पर और हम सर झुकाए सब कुछ सुना किए इसलिए कि वाक़ई क़ुसूर अपना ही था। दूसरी इस लानत-मलामत की परवाह किसको थी। दिल तो उस वक़्त के तसव्वुर से धड़क रहा था जब घर पहुँच कर वालिद साहब के सामने पेशी होगी। ब-मुश्किल तमाम उस मजमे से जान बचा कर थके-हारे घर जो पहुँचे तो ड्योढ़ी में क़दम रखते ही वालिद साहब की गरजदार आवाज़ सुनाई दी।

"मगर मैं पूछता हूँ कि मुझे आज तक क्यों न मालूम

हुआ कि साहबज़ादे को ख़ुद-कुशी का ये शौक़ भी है, तुम तो ये कह कर छुट्टी पा गईं कि यही होता है खेल कूद का ज़माना।"

वालिदा साहिबा ने फ़रमाया, "तो क्या ग़लत कहा मैंने, किस के बच्चे नहीं खेलते।"

वालिद साहब ने मेज़ पर घूँसा मारते हुए फ़रमाया, "फिर वही खेल, ऐ जनाब ये मौत का खेल होता है मौत का। गोलियों की बौछाड़ होती है हर तरफ़ और ख़ुदा ही खेलने वालों को बचाता है। मीर असग़र अली का नौजवान लड़का, हाय क्या तन्दुरुस्ती थी उसकी। इस खेल की नज्र हो गया। कलेजे पर पत्थर का गेन्द लगा साँस भी न ली और जान दे दी। बाप ने बढ़कर पेशानी को बोसा दिया और आज तक कलेजा पकड़े फिरते हैं। अगर कुछ हो जाए उसके दुश्मनों को तो तुम्हारा क्या जाएगा। मैं तो हाय करके रह जाऊँगा दोनों हाथ मलकर।"

वालिदा साहिबा ने कहा, "अल्लाह न करे ऐसे कलमे ज़बान से भी न निकालो, आएगा तो समझा दूँगी कि ये जान जोखूँ का खेल न खेला करे।"

वालिद साहब ने कहा, "ब-ख़ुदा जितनी देर खड़ा मैच देखता रहा गिड़गिड़ा कर दुआएँ माँगता रहा कि परवरदिगार तू ही इसका हाफ़िज़-ओ-नासिर[4] है। इख़्तिलाज[5] के दौरे पर दौरे पड़ रहे थे कि देखिए क़िस्मत क्या दिखाती है आज। अरे भई खेलने को मैं मना नहीं करता। शतरंज खेले, पचीसी खेले, परों के गेन्द से एक खेल खेला जाता है, भला सा नाम है उसका

वो खेले, टेनिस तक ग़नीमत है। मगर ये तो ऐसा ना-मुराद खेल है कि मीर असग़र अली कलेजा पकड़ कर रह गए थे।"

वालिदा साहिबा ने वहम में मुब्तला[6] हो कर कहा, "दूर पार मुद्दई। अब बार-बार मीर असग़र अली मुए का ज़िक्र क्यूँ कर रहे हो, कह तो चुकी हूँ कि समझा दूँगी।"

वालिद साहब ने फ़ैसला-कुन अन्दाज़ से कहा, "मैं तय कर रहा था कि अलीगढ़ भेज दूँगा उसको। मगर अब तो जब तक मुझे पूरी तरह यक़ीन न हो जाए कि साहबज़ादे का उन ख़तरनाक मशाग़िल[7] से कोई तअल्लुक़ नहीं है उस वक़्त तक ना-मुमकिन है मेरे लिए उनको अलीगढ़ भेज देना।"

हमने दिल ही दिल में कहा ये तो ग़ज़ब हो गया। यहाँ इसी उम्मीद पर जी रहे हैं कि अब अलीगढ़ जाएँगे, हॉस्टल में रहेंगे, कॉलेज में पढ़ेंगे और सही तालिब-इल्माना[8] ज़िन्दगी का लुत्फ़ तो अब आएगा। और वहाँ इस हॉकी से ख़ुदा समझे, इस नामुराद ने इस उम्मीद पर पानी फेर कर रख दिया। अब ड्योढ़ी में खड़ा रहना ना-मुमकिन बन गया। हिम्मत करके क़दम उठाया और इस तरह वालिद साहब के सामने आ गए गोया कोई बात ही नहीं है। वालिद साहब तो इन्तज़ार में बैठे ही थे, देखते ही मुख़ातिब किया,

"मियाँ, ज़रा बात तो सुनो। ये हॉकी कब से शुरू की है।"

अर्ज़ किया, "जी हॉकी? हॉकी से तो दिल खट्टा हो गया आज। अब कभी जो खेलूँ मैं ये ख़तरनाक खेल। अम्मी जान मुझे भला क्या मालूम था कि ऐसा ख़तरनाक होता है ये खेल। मैंने तो आज से कान पकड़ लिए बल्कि आज तो यहाँ तक

हुआ कि एक मर्तबा गेन्द ख़ुद-ब-ख़ुद मेरे क़रीब आ गया कि तुम मेरे पास नहीं आते तो मैं तुम्हारे पास आ रहा हूँ मगर मैंने उसको डर के मारे छुआ तक नहीं कि न जाने क्या वारदात हो।"

वालिद साहब ने इत्मीनान का साँस लेते हुए कहा, "मैं तो ख़ुद हैरान था कि ये तुमको हॉकी खेलने की क्या सूझी।"

अर्ज़ किया, "बेवक़ूफ़ी थी मेरी। खेल की वर्दी पहनने और टीम के साथ जाने का शौक़ था। मगर अल्लाह बचाए मेरा तो ख़ून ख़ुश्क[9] हो कर रह गया।"

अम्मी जान ने कहा, "तुमसे ज़्यादा तुम्हारे अब्बा जान अपना ख़ून ख़ुश्क करके आए हैं। ये भी गए थे देखने।"

हमने बड़ी मासूमियत से कहा, "अच्छा, आप भी गए थे। मैंने नहीं देखा। मगर मैं तो बाज़ आया ऐसे खेल से जिनको जान देना हो अपनी वो खेले ये खेल।"

वालिद साहब को सोलह आने यक़ीन हो गया कि बरख़ुर्दार ज़ाती तौर पर वैसे ही बुज़दिल वाक़े हुए हैं जैसा वो चाहते हैं और हस्ब-ए-मामूल[10] अलीगढ़ जाने का प्रोग्राम बनता रहा। जहाँ तक हॉकी से ताइब होने का क़िस्सा है वो भी झूठ न था। एक तो रिआयती हैसियत से उस स्कूल की पहली टीम में लिए गए थे। दूसरे फ़ाइनल मैच में मुख़ालिफ़ सिम्त से आने वाले गेन्द के साथ जो अख़्लाक़ बरत चुके थे। उसके बाद ये सवाल ही न पैदा होता था कि फिर भी हमको टीम में रहने दिया जाएगा। लिहाज़ा ये ताइब[11] होने वाली बात भी मिन-जानिब[12] अल्लाह कुछ सच-मुच ही साबित हुई और हॉकी से

वाक़ई नजात मिल गई। स्कूल में कुछ दिन फ़ाइनल हारने का ये क़िस्सा लतीफ़ा और हम इस लतीफ़े के हीरो बने रहे मगर उसके बाद बात आई-गई हो गई और इम्तिहान में कामयाब होने के बाद तो हॉकी से क्या स्कूल ही से कोई वास्ता न रहा।

अलीगढ़ में दाख़िला लेने के बाद इस क़िस्म के जान-जोखम खेलों के अलावा और भी बे-शुमार तफ़रीही मशाग़िल कि कॉलेज के बाहर की ज़िन्दगी बे-रौनक़[13] सी महसूस होने लगी। और कुछ ऐसा दिल लगा कि हिसाब जो लगाया तो ये सिर्फ़ चार साल की बहार थी। हालाँकि दिल ये चाहता था कि ये जन्नत इतनी बे-सबात[14] तो साबित न हो। चुनांचे उसका ख़ुद ही इन्तज़ाम करना पड़ा कि अब ऐसी भी क्या जल्दी कि हर साल पास ही होते चले जाएँ। अगर हर जमात में सिर्फ़ एक-एक साल फ़ेल होते रहें तो आसानी से ये नेमत दोगुनी हो सकती। और आठ साल तक इन दिलचस्पियों के मज़े लूट सकते। उसी प्रोग्राम के मातहत ज़रा इत्मीनान से पढ़ते रहे। बाज़ सफ़र ऐसे दिलचस्प होते हैं और रास्ते की फ़िज़ाएँ मुसाफ़िर को ऐसा मोह लेती हैं कि वो मेल ट्रेन के सफ़र के बजाए पैसेंजर में सफ़र करना चाहता है। कुछ इस क़िस्म की पैसेंजर ट्रेन से हमने कॉलेज, कॉलेज का सफ़र तय करना शुरू किया कि हर स्टेशन पर ठहर-ठहर कर सफ़र कर रहे हैं। इसके मुतअद्दिद[15] फ़ायदे पहुँचे। एक तो ये कि वो जो ख़ामकारी मुसलसल और मुतवातिर पास होने में आम तौर पर पाई जाती है और जिसकी ब-दौलत हुसूल-ए-तालीम का मक़सद रफ़्ता-रफ़्ता फ़ौत[16] हो जाता है। अलहमदु लिल्लाह कि वो ख़ामकारी[17] पैदा न हुए और पुख़्तगी के

अलावा एक अजीब ठोस क़िस्म की तज्रबा-कारी ख़ुद-ब-ख़ुद पैदा होती रही। इसके अलावा कॉलेज की ज़िन्दगी के वो गोशे भी दरयाफ़्त होते रहे जो पास होने वाले तालिब इल्मों को पास होने की ख़ुद-ग़रज़ाना जल्दबाज़ी के ब-दौलत नज़र ही नहीं आते। फिर सबसे बड़ी बात ये कि जो पास होने वाले तालिब-इल्म होते हैं उन का काम सिवाए पढ़ने के और कुछ नहीं होता।

यही वज्ह है कि अमली ज़िन्दगी में जब क़दम रखते हैं तो निहायत नामाक़ूल साबित होते हैं। मुलाज़मत तो ख़ैर मिल जाती है, मगर इजलास के कटहरे में इस तरह बैठते हैं जैसे तोता अपने पिंजरे में चने की दाल की कुलिया पर बैठा खा रहा हो, न उनमें इख़्तिरा और हिद्दत की सलाहियत होती है, न किसी क़िस्म की अपच। बस लकीर के फ़क़ीर होते हैं और सूरत से यतीमी बरसती है।

बर-अक्स उनके वो तालिब इल्म जो कॉलेज में सिर्फ़ पढ़ते ही नहीं और भी बहुत कुछ करते हैं। ख़्वाह पढ़े लिखे साबित न हों लेकिन बहुत कुछ ज़रूर साबित होते हैं। अजीब मसरूफ़ ज़िन्दगी होती है। उन मरंजाँ-मरंज[18] तालिब इल्मों की। कहीं टीम जा रही है और वो भी साथ हैं। रास्ते में शरारतें हो रही हैं। जिस शहर में टीम गई है वहाँ की सैर, दावतें, फिर मैच का मारका, कॉलेज में हैं तो आज यूनीयन के इन्तख़ाबात की सियासत के लीडर बने हुए हैं। कल भी मुशायरे की मजलिस-ए-इन्तज़ामिया के रूक्न हैं। परसों यूनीवर्सिटी पार्लियामेंट की हिज़्ब-ए-मुख़ालिफ़ के रुक्न-ए-रकीन[19] हैं। अगर काफ़ी फ़ेल हुए तो तालिब इल्मों के अलावा प्रोफ़ेसरों के भी दोस्त हैं।

जूनियर क़िस्म के तालिब इल्मों के वालिदैन बने हुए हैं। मुख़्तसर ये कि अजीब हंगामा-ख़ेज़ मसरूफ़ियत होती है और ज़िन्दगी तजरबों से माला-माल होती रहती है।

कुछ इसी क़िस्म की ज़िन्दगी कॉलेज में इख़्तियार कर रखी थी और ये तय था कि जल्दी का काम शैतान का। हम तो इत्मीनान से ज़रा सैर करते हुए कॉलेज से निकलेंगे और तालिब-इल्म जो निसाब साल भर में घास काटने की तरह ख़त्म कर दिया करते थे। उसको हम दिल लगा कर दो साल में ख़त्म कर रहे थे कि पहाड़ सर पे ये टूटा कि वालिद साहब की उम्र दग़ा दे गई और हमको कॉलेज छोड़ना ही पड़ा। मगर इतने दिनों तक कॉलेज में रहने का नतीजा ये हुआ कि अपने शहर में एक क़िस्म की धाक सी बैठ गई। अहबाब-ओ-अइज़्ज़ा को जब कॉलेज के क़िस्से सुनाने बैठ जाते तो बड़ा असर होता सब पर। उन ही क़िस्सों में एक क़िस्सा क्रिकेट के मुतअल्लिक़ भी था कि कॉलेज छोड़ने से हमको सिर्फ़ ये नुक़्सान पहुँचा है कि तालीम अधूरी रह गई मगर ख़ुद कॉलेज को ये नुक़्सान पहुँचा है कि अब मुद्दत तक उसको क्रिकेट का कप्तान न मिलेगा। इत्तिफ़ाक़ से ये क़िस्सा मुक़ामी क्रिकेट टीम के कप्तान साहब को सुना रहे थे जिनको ये ख़बर न थी कि क्रिकेट टीम के साथ ख़ुद अपने ख़र्च से इधर-उधर जाने का इत्तिफ़ाक़ तो ज़रूर हुआ था मगर आज तक क्रिकेट का बल्ला छूने की नौबत न आई थी। मगर सवाल तो ये था कि वो ठहरे मुक़ामी क्रिकेट टीम के कप्तान, उनसे आख़िर हम बात करते तो क्या करते। और इतने दिनों तक अलीगढ़ में रहने का रोब जमाते तो कैसे जमाते। उनके नज़दीक अलीगढ़ कॉलेज

में सिवाए क्रिकेट खेलाने के और कुछ गोया सिखाया ही न जाता था। धूम थी अलीगढ़ क्रिकेट टीम की। लिहाज़ा अगर वो हमारे क़ाइल हो सकते थे तो सिर्फ़ इस तरह कि हम अपने को उसी मशहूर-ओ-मारूफ़ टीम का कप्तान साबित करें।

मुक़ामी टीम के कप्तान साहब ने कहा, "क्या बात है साहब अलीगढ़ की टीम की। तो गोया आप कप्तान थे उसके।"

अर्ज़ किया, "ज़िन्दगी अज़ाब थी साहब, आज बम्बई जा रही है टीम तो कल दिल्ली और परसों कलकत्ते। दो मर्तबा तो विलायत जाने के लिए भी इसरार हुआ ब-मुश्किल जान छुड़ाई। अपनी बात ये भी कि एक मर्तबा बम्बई में एक मारके का मैच हुआ इत्तिफ़ाक़ से सबसे पहले मैं ही खेलने गया। अब जनाब हुआ ये कि मेरे अलावा दस के दस खिलाड़ी आउट हो गए और मैं सात सौ रन बना कर नॉट आउट वापस आया।"

कप्तान साहब ने गोया आउट होते हुए कहा, "जी क्या कहा, सात सौ रन, नॉट आउट?"

निहायत इन्किसार से अर्ज़ किया, "नॉट आउट तो ख़ैर अक्सर रहा हूँ, अलबत्ता रन सबसे ज़्यादा मिले, यही सात सौ बनाए। उसके बाद कलकत्ता में बनाए थे पाँच सौ छियासी रन।"

वो और भी हैरत से बोले,"पाँच सौ छियासी, हैरत है साहब।"

और वो इसी हैरत में ग़र्क़ चले गए। हमको क्या मालूम था कि ये मासूम क़िस्म का वक़्ती झूठ रंग लाकर रहेगा,

चुनांचे एक हफ़्ते के बाद वो चार-पाँच क्रिकेट के खिलाड़ियों का एक वफ़्द लेकर तशरीफ़ ले आए। सबसे इस ख़ाकसार का तआरुफ़ कराया गया। गोया महज़ हमारे भरोसे पर टीम टूर्नामेंट में दाख़िल कर दी है और तय ये किया है कि कप्तान आप ही रहेंगे। लाख इंकार किया, बहुत कुछ समझाया कि क्रिकेट छोड़े मुद्दत हो चुकी है, मगर तौबा कीजिए यक़ीन कौन करता था। वहाँ हिसाब लगाए बैठे थे कि हाथी लाख लुटेगा, फिर भी सवा लाख का। सात सौ और पाँच सौ छियासी रन न सही, दो ढाई सौ तो मश्क़ छूटने पर भी बना ही लेंगे। मुख़्तसर ये कि कोई उज़्र महसूस न हुआ और आख़िर सर-ए-तस्लीम ख़म करना ही पड़ा।

शामत-ए-आमाल पहला ही मैच उन अंग्रेज़ों से पड़ा जो सच पूछिए तो इस खेल के मूजिद हैं और उनके बॉलर ऐसे ज़ालिम कि गेन्द क्या फेंकते थे गोया तोप का गोला फेंक रहे हैं। टॉस में हम लोग जीत चुके थे और हमारी टीम खेल रही थी। खेल क्या रही थी चाँद मारी बनी हुई थी। चार खिलाड़ी आउट हो चुके थे और रन कुल आठ बने थे। यहाँ ये हाल कि एक तो इख़्तिलाज[20] का मर्ज़ यूँही है दूसरे न भी होता तो ज़ाहिर है कि अलावा इज़्ज़त-ओ-आबरू के ये तो कुछ मौत और ज़िन्दगी का सवाल बनता जा रहा था। अगर उन ज़ालिमों का गेन्द ज़रा भी इधर-उधर हो गया तो वालिद साहब की रूह से जब आलम-ए-बाला में मुलाक़ात होगी तो वो क्या कहेंगे कि क्यों बेटा यही वादा था तुम्हारा। मगर सवाल तो ये था कि अब कर ही क्या सकते थे।

छटे खिलाड़ी के आउट होते ही अब हमको जाना था।

कलमा-ए-शहादत पढ़ कर लेग गार्ड बँधाए जिस तरह दूसरों ने बैट सँभाला था हमने भी बैट सँभाला और अब जो अपने खिलाड़ी के साथ रवाना हुए तो मजमे ने "कैप्टन इन" का नारा बुलन्द किया और तालियों से फ़िज़ा गूँज उठी। उन तालियों से ताइर-ए-रूह और भी माइल-ए-परवाज़ हो गया। बिल्कुल ये मालूम हो रहा था कि जैसे किसी क़त्ल के मुजरिम को फाँसी के तख़्ते की तरफ़ ले जा रहे हैं। दिल में तरह-तरह के ख़याल आ रहे थे कि जद्द-ए-आला एक जिहाद में घोड़े की पीठ पर लड़ते हुए शहीद हुए थे। एक बुज़ुर्ग मुहब्बत में नाकाम रह कर दरिया में डूबे थे। बाक़ी तमाम अफ़राद-ए-ख़ानदान बिस्तर-ए-मर्ग पर मौत की करवट लेकर इस जहान से उस जहान को सिधारे थे। मगर हमारी क़िस्मत में क्रिकेट की मौत लिखी थी। ब-हरहाल दिल को ये इत्मीनान ज़रूर था कि मौत बर-हक़ तो है ही अगर क्रिकेट की राह में फ़ना हो गए तो इतने तमाशाई नमाज़-ए-जनाज़ा के लिए मिल जाएँगे। लोग तालियाँ बजा-बजा कर आसमान सर पर उठाए हुए थे और कप्तान साहब का क़ल्ब बाउण्ड्रियाँ मार रहा था। ब-मुश्किल तमाम विकेट तक पहुँचे और जिस तरह दूसरों ने सेंटर लिया था हमने भी उस रस्म को पूरा किया, हालाँकि हमारे ऐसे खिलाड़ी के लिए उसकी चन्दाँ ज़रूरत न थी। सेंटर ले चुकने के बाद इस दिलचस्प दुनिया को एक मर्तबा फिर हसरत भरी नज़रों से देखा। दिल ने कहा,

चर्चे यही रहेंगे अफ़्सोस हम न होंगे

अब जो उस गेन्द फेंकने वाले मलकुल-मौत को देखते हैं तो जी चाहा कि चकरा कर गिर पड़ें। मालूम होता था कि एक

अज़ीमुश्शान चुक़न्दर सामने खड़ा है। वो उस वक़्त कोह-ए-आतिश-फ़िशाँ नज़र आ रहा था। दिल ने कहा कि अगर उसके गेन्द से वासिल-ए-ब-हक़[21] हो गए तो जन्नत तक रन बनाते चले जाएँगे। हिम्मत करके बैट पर झुके, उधर वो गेन्द लेकर बढ़ा ही था कि हम फिर खड़े हो गए और मौत कुछ देर के लिए इल्तिवा में पड़ गई। मगर बकरे की माँ आख़िर कब तक ख़ैर मनाएगी। खेलने के लिए तैयार होना ही पड़ा और बैट पर झुक कर आँखें बन्द करलीं, दूसरे ही लम्हे महसूस ये हुआ कि जैसे इन हाथों में जिनसे बैट थामे हुए थे एक बर्क़ी लहर सी दौड़ गई और मजमा ने तहसीन-ओ-आफ़रीन का शोर बुलन्द किया। मालूम हुआ कि गेन्द आया और बैट से छूकर कुछ ऐसे ज़ाविये[22] से निकल गया कि लोगों को ग़लत-फ़हमी पैदा हुई कि ये कट हमारी उस्तादी का नतीजा है। दो रन ख़्वाह-मख़्वाह बन गए। काश एक ही रन बना होता और हम इस ख़ौफ़नाक बॉलर की ज़द से बच गए होते।

नतीजा ये कि फिर खेलने के लिए तैयार होना पड़ा और जी कड़ा करके अब की मर्तबा तय कर लिया कि ऐसी भी क्या बुज़-दिली, मरना ही है तो नाम करके मरेंगे। अब की मर्तबा हिट लगाएँगे। चुनांचे बजाए जमा के बैट रखने के बैट तान कर खड़े हो गए। मजमा ने शोर मचाया। साथियों ने परेशान होना शुरू कर दिया। ख़ुद मुख़ालिफ़ खेलने वालों को हैरत हुई मगर हम अपने इरादे से बाज़ न आए। चुनांचे अब जो गेन्द आता है और हम हिट लगाते हैं तो सारा मजमा फ़ील्ड में टोपियाँ उछालता हुआ चला आया। क़हक़हों से फ़िज़ा गूँज उठी और होश में आने के बाद पता चला कि कैच करने वाले

ने बजाए गेन्द के बल्ले का कैच किया था और गेन्द ख़ुद हमारे लेग गार्ड में महफ़ूज़ थी। मुख़ालिफ़ टीम उसको अपनी तज़लील समझ रही थी कि ये खेल नहीं हो रहा है बल्कि उसका मज़ाक़ उड़ाया जा रहा है। ब-मुश्किल तमाम उन लोगों को समझाया गया कि मश्क़ छूटी हुई है वरना अलीगढ़ की टीम के वो कप्तान हैं जो सात सौ रन बनाया करते थे। अम्पायर ने तअस्सुब[23] से काम लेकर हमको आउट क़रार दिया और हम उसी हालत में उसी वक़्त घर पहुँचा दिए गए। इसलिए अब तक क्रिकेट का नाम सुनकर ग़श आ जाता है।

* * *

---

1. बयान 2. रुला देने वाला 3. आक्रोशित 4. रक्षा और सहायता 5. घबराहट 6. दुख या संकट से ग्रस्त 7. शौक़, व्यस्तता 8. छात्र जीवन 9. सूखना 10. हमेशा की तरह 11. तौबा करने वाला 12. की तरफ़ से 13. उजाड़, सूना 14. अस्थाई 15. अनेक 16. मौत 17. बेकार काम करना 18. शांत प्रवृत्ति वाला 19. मुख्य सदस्य 20. घबराहट 21. मृत्यु की ओर जाना 22. कोण 23. पक्षपात

ससुराली रिश्तेदार

मुसीबत ये है कि रेडियो सेट ससुराल में भी है और वहाँ की हर दीवार गोश-दारद[1], मगर बुज़ुर्गों का ये मक़ूला[2] उस वक़्त रह-रह कर उकसा रहा है कि बेटा फाँसी के तख़्ते पर भी सच बोलना, ख़्वाह वो फाँसी ज़िन्दगी भर की क्यों न हो, मौज़ू जिस क़दर नाज़ुक है उसी क़दर अख़्लाक़ी जुरअत चाहता है। और इस अख़्लाक़ी जुरअत का नतीजा भी मालूम, कि ससुराल की आँखों का तारा, ख़ुशदामन[3] साहिबा का राज-दुलारा। इस तक़रीर के बाद फिर शायद ही ससुराल में मुँह दिखाने के क़ाबिल रह जाए। हर-चन्द कि हिफ़्ज़-ए-मातक़द्दुम[4] के तौर पर आज ससुराल वालों को सिनेमा के पास लाकर भी दे दिए हैं। और रेडियो सेट का एक बल्ब भी एहतियातन जेब में डाल लाए। मगर ये सब कुछ ससुराल के एक घर में हुआ है और घर ठहरे वहाँ दर्जनों, ज़ाहिर है कि कोई न कोई तो ये तक़रीर सुन ही लेगा। और फिर ससुराल ट्रांसमीटर से नमक मिर्च लगा कर ये तक़रीर नश्र होगी, बीवी

का मुँह फूल जाएगा। उनकी वालिदा की सर्द आहें मुहल्ला भर को फ्रीज़र बनाकर रख देंगी, उनकी ख़ाला गर्दन हिला हिलाकर और आँखें मटका मटकाकर फ़रमाएँगी कि मैं न कहती थी कि दामाद आस्तीन का साँप होता है। आख़िर कब तक न फुंकारता। सारा किया धरा मलियामेट करके रख दिया कि नहीं। मगर अब तो जो कुछ हो सच बोलना ही पड़ेगा। उन लोगों का वहाँ ज़िक्र नहीं जो ससुराल में मुब्तला हो चुके हैं। बल्कि मुख़ातिब वो हैं जिनको अभी वासिल-ए-ब-ससुराल[5] होना है कि

ऐ ताज़ादार दान-ए-बिसात-ए-हवा-ए-दिल,
ज़िन्हार[6] अगर तुम्हें हवस-ए-अक़्द-ओ-क़द है
देखो मुझे जो दीदा-ए-इबरत-निगाह[7] हो
मुझसे वसूल करलो नसीहत जो अक़्द है

मैं एक दामाद हूँ और मैंने जल्दबाज़ी से काम लेकर शादी के मुआमले में सिर्फ़ बीवी के सिलसिले में तो ज़रूरी तहक़ीक़ात कर ली थी कि क्या उम्र है, सेहत कैसी है, सूरत-ओ-शक्ल का क्या आलम है, तालीमी इस्तिदाद[8] क्या है, वग़ैरा वग़ैरा। मगर अब सर पर हाथ रखकर रोना पड़ता है कि ये क्यों पूछा था कि उनमें कितनी ख़ालाएँ, कितनी नानियाँ, दादियाँ, चचियाँ, ताइयाँ, बहनें और भावजें हैं। और कितने इसी क़िस्म के मर्द रिश्तेदार हैं, और उन रिश्तेदारों के कितने ऐसे रिश्तेदार हैं जिनको जबरन अपना रिश्तेदार समझना पड़ेगा। और कितने ऐसे अज़ीज़ हैं जिनको अख़्लाक़न अज़ीज़ मानना पड़ेगा। फिर उनके बाद उन अज़ीज़ों की बारी आती है जिनको इन्तज़ामन अज़ीज़ कहा जाता है। फिर इन्तिक़ामन

अज़ीज़ बन जाने वालों की बारी आती है। और आख़िर में जुग़राफ़ियाई[9] रिश्तेदार आते हैं, मसलन ख़ाला, हमसाई, और चचा पड़ोसी वग़ैरा, उसकी तहक़ीक़ात न करने का नतीजा ये हुआ कि अब,

दिल-ए-ग़रीब इधर है उधर ज़माना है

एक से एक ससुराली रिश्तेदार रोज़ देख लीजिए जो मुहब्बत छिड़कने धरा हुआ है। ग़रीब-ख़ाने पर दफ़्तर से थके-हारे भूके-प्यासे दिमाग़ का अर्क़[10] निकलवाए हुए सुकून की तलाश में घर पहुँचे हैं, कि देखते क्या हैं, मीठे पानी की बोतलें भका-भक खुल रही हैं, मुर्ग़ ज़ब्ह हो रहा है, ख़ानसामाँ बावर्चीख़ाने में पतीलियों से वर्ज़िश कर रहा है। और अन्दर से ऐसे क़हक़हों की आवाज़ें आ रही हैं गोया कोई बेचारा आसेबी[11] ख़लल में मुब्तला है। किसी मुलाज़िम से पूछा कि ये घर किसके नाम अलॉट हो गया। मालूम हुआ कि बेगम साहिबा के कोई फूफा मअ-अह्ल-ओ-अयाल तशरीफ़ लाए हैं। जल तू जलाल तू... साहब-ए-कमाल तू, आई बला को टाल तू, का वज़ीफ़ा[12] पढ़ते हुए जो घर में दाख़िल हुए तो बेगम साहिबा ख़ुशी से बदहवास दौड़ी हुई तशरीफ़ लाईं। अरे आपको ख़बर भी है कौन आया है, फूफा मियाँ, फूफी, नज्जो, जुगनू, छम्मी, लाडो, रानी। आइए न आपने तो देखा भी न होगा इन सबको। बड़ा इन्तज़ार कर रहे हैं सब आपका। अर्ज़ किया, कुछ बताइए तो सही ये कौन फूफा तस्नीफ़[13] कर लिए आज। वो जो परसों आए थे, वो भी तो फूफा थे। अहमक़[14] समझ कर मुस्कुराईं। अरे, वो तो ज़रा दूर के फूफा थे, ये उनसे ज़रा क़रीब के फूफा हैं।

अब्बा जान की रिश्ते में ख़ाला-ज़ाद बहन की सगी ननद हैं। ये तो हमारी शादी में न आ सकी थीं। फूफा मियाँ बेचारे पर एक झूठा मुक़द्दमा चल गया था उन दिनों, मतलब ये है कि अब आए हैं ये लोग, बड़ी मुहब्बत के लोग हैं आप बहुत ख़ुश होंगे। चलिए मैं चाय लगवाती हूँ सब के साथ आप भी पी लीजिए।

अब जो हम ज़रा उनके क़रीब फूफा के पास पहुँचे तो जी चाहा कि उनसे मिज़ाज पूछने के बजाए घी का भाव पूछ लें। चढ़ी हुई दाढ़ी, बड़ा सा पग्गड़। ख़ौफ़नाक[15] आँखें, पहाड़ का पहाड़ इंसान। हमारी शादी के ज़माने में इस शख़्स पर झूठा नहीं बल्कि डकैती का सच्चा मुक़द्दमा चल रहा होगा। आँखें चार होते ही डर के मारे अर्ज़ किया, अस्सलामु-अलैकुम। वो हज़रत एक दम से वा-अलैकुम-अस्सलाम का बम रसीद करके हमला आवर हो गए और इस ज़ोर से मुसाफ़हा फ़रमाया है कि भतीजी का सुहाग टिमटिमा कर रह गया। अभी उन हज़रत से ज़ोर कर ही रहे थे कि उनकी अहलिया मुहतरमा बलाएँ लेने को जो आगे बढ़ी हैं तो बे-साख़्ता कलमा-ए-शहादत ज़बान पर आ गया कि इससे बड़ी सआदत[16] और किया है कि मरने से पहले कलमा पढ़ सके आदमी। मगर ये मुहतरमा यानी यके-अज़-ख़ुशदामन दुआएँ देती हुई हट गईं। अब जो नज़र पड़ती है तो उनके एक साहबज़ादे हमारा टेनिस का बल्ला लिए एक सुडौल क़िस्म के पत्थर से खेल रहे हैं और हम पर वो वक़्त पड़ा है कि हम उन से ये भी नहीं कह सकते कि ये वो बल्ला है जिस से हम को लॉन टेनिस चैम्पियनशिप के मैच खेलना हैं। टेनिस के इस

बल्ले पर फ़ातिहा भी पढ़ने न पाए थे कि एक निहायत घिनौनी सी साहबज़ादी एक इस हाथ में और एक उस हाथ में दो पेपरवेट लिए हुए नज़र आईं जो ज़ाहिर है कि लिखने की मेज़ से उठाए गए होंगे। लपक कर लिखने की मेज़ को जो देखते हैं तो वहाँ रोशनाई का सैलाब आ चुका है और अक्सर ज़रूरी काग़ज़ात रोशनाई में डूब कर ख़ुश्क भी हो चुके थे। अभी रोने का इरादा ही कर रहे थे कि ड्रेसिंग टेबल पर ज़लज़ला सा आ गया।

छोटी बड़ी शीशियाँ आपस में टकराने लगीं और एक-आध गिर भी गई। देखते क्या हैं कि एक बरख़ुर्दार उसके नीचे से बरामद हो रहे हैं। जी चाहा कि सर पीट लें, मगर बेगम ने बाहर ही से आवाज़ दी कि चाय लग गई है। लिहाज़ा ख़ून के घूँट पीते हुए चाय की उस मेज़ पर आ गए जो मुहाजिरीन[17] का कैंप बनी हुई थी। फूफा साहब चाय की प्याली से तश्तरी में चाय उड़ेल-उड़ेल कर शड़ब-शड़ब की आवाज़ों के साथ चाय नोश फ़रमा रहे थे। उनकी अहलिया[18] मुहतरमा केला खा चुकने के बाद एक-एक केला अपनी औलाद को तक़सीम फ़रमा रही थीं और औलाद ख़ुश्क मेवे से अपनी जेबें भर रही थी। एक साहबज़ादे ने अपनी बहन से बादाम छीनने की कोशिश में जो हाथ मारा है तो नए सेट की केतली एक ज़मज़मे के साथ फ़र्श पर गिर कर चकनाचूर हो गई तो हमने अपने को ग़शी[19] से बचाते हुए अर्ज़ किया कोई मुज़ाइक़ा नहीं। हालाँकि ये सौ फ़ीसदी मुज़ाइक़ा[20] ही मुज़ाइक़ा था। फूफा साहब ने इधर से और फिर फूफी साहिबा ने उधर से साहबज़ादे को दो हाथ रसीद करके रही-सही फ़िज़ा को और

भी नग़्मों से लबरेज़[21] कर दिया। और अब जो इन बरख़ुर्दार ने रोना शुरू किया है तो ख़ुदकुशी को जी चाहने लगा। ख़ुदा-ख़ुदा करके ये तूफ़ान थमा तो फूफा साहब ने तक़रीब[22] में तशरीफ़-आवरी कुछ इस फ़साहत[23] से बयान फ़रमाया है कि हाथों के तोते उड़ गए। मालूम हुआ कि मुक़द्दमा चल जाने की वज्ह से मुलाज़मत जाती रही है। लिहाज़ा आप मुलाज़िम होने तशरीफ़ लाए हैं और जब तक ख़ाकसार उनके लिए मुलाज़मत का इन्तज़ाम नहीं करता वो टलने वाले नहीं हैं। उम्र पेंशन लेने के लग-भग, तालीम ऐसी कि ख़्वान्दा[24] कांस्टेबल भर्ती हो कर हेड-कांस्टेबल के ओहदा-जलीला तक तरक़्क़ी फ़रमाई थी कि अब ये पकड़ी जाने वाली रिश्वत पकड़ ली गई और,

धरे गए दिल-ए-ख़ाना ख़राब के बदले

वो तो कहिए ख़ुशनसीब थे कि क़ालीन-बानी[25] सीखने जेल नहीं भेजा गया, सिर्फ़ मुलाज़मत ही गई। ख़ैर ये तो जो कुछ हुआ, वो हुआ, सवाल तो ये था कि आख़िर हम अपनी किस जेब से मुलाज़मत निकाल कर उनके हवाले करते कि ऐ हमारी बीवी के मुहतरम फूफा ये ले मुलाज़मत। हमको ख़ामोश देख कर बोले, "बरख़ुर्दार, इस ख़ामोशी से काम न चलेगा। मुझे अच्छी तरह मालूम है कि तुम किस क़दर असर और रसूख़ के आदमी हो। ज़रा सा इशारा कर दोगे तो अच्छी से अच्छी मुलाज़मतें मेरे लिए ख़ुद हाथ फैलाएँगी। साहबज़ादे, हुक्काम-रसी[26] बड़ी चीज़ होती है और मैं तो इसको अपने ख़ानदान के लिए नेमत-ए-ग़ैर मुतरक़्क़बा[27] समझता हूँ कि तुम्हारे ऐसा बा-रसूख़ बरख़ुर्दार हमारे ख़ानदान में शामिल हो

गया है। तो मियाँ मतलब ये है कि मेरे घर का ख़र्च ढाई सौ रुपए माहवार से किसी तरह कम नहीं है। मैं ये चाहता हूँ कि मुलाज़मत ऐसी मिले कि बालाई[28] आमदनी की लानत में मुब्तला होने की ज़रूरत ही न पेश आए।"

बेगम साहिबा ने बड़ी शगुफ़्तगी[29] से फ़रमाया, "फूफा मियाँ, बस अब इत्मीनान रखिए। आपने उनसे कह दिया है, बस अब ये समझ लीजिए कि नौकरी मिल गई। उनकी कोशिश टल नहीं सकती और हमको घूर कर चुप रहने का इशारा कर दिया। लिहाज़ा हमको कहना ही पड़ा कि इंशा-अल्लाह कुछ-न-कुछ हो ही जाएगा।"

चाय के बाद हमने अपने कमरे में आ कर बीवी साहिबा को बुलाकर सच-मुच रो देने के अन्दाज़ से कहा,

"ख़ुदा के लिए ये तो बताओ कि तुमने आख़िर मेरा क्या अंजाम तज्वीज़[30] कर रखा है। ये तमाम नुक़्सानात ये अबतरी[31] घर की। ये सत्यानाशी मेरे कमरे की। मेरे क़ीमती रैकट की ये बर्बादी वग़ैरा तो एक तरफ़ मैं इन सब नुक़्सानात को अपनी जान का सदक़ा समझ लेता। मगर मुझसे आख़िर ऐसे वादे क्यों करा देती हो जो मेरे इम्कान ही में न हों। भला ग़ौर तो करो मैं इन हज़रत को ढाई सौ रुपए माहवार की मुलाज़मत कैसे दिलवा सकता हूँ।" सरगोशी[32] के अन्दाज़ में बोलीं आप सच-मुच अक़्ल के दुश्मन हैं। मैंने तो अपने मैके में आपका नाम ऊँचा करने के लिए मशहूर कर रखा है कि आप सब कुछ कर सकते हैं। बड़े-बड़े अफ़सर आपके नाम का कलमा पढ़ते हैं। आपको नहीं मालूम इस तरह इज़्ज़त बढ़ती

है आदमी की। एक-आध दिन के बाद ख़ूबसूरती से टाल दूँगी। अर्ज़ किया, काश ये ख़ूबसूरती आप अब न आज़माएँ ताकि मेरा क़ीमती रैकट बच जाता। इतने हसीन चाय के सेट की केतली न टूटती।"

फिर राज़-दारी से बोलीं, "अरे आपको नहीं मालूम है। ये फूफा बड़े ढिंढोरची हैं। अगर यहाँ से हम लोगों के हुस्न-ए-सुलूक[33] के क़ाइल हो कर गए तो सारे ख़ानदान में आपकी तारीफ़ें करते फिरेंगे। आज इन सबको सिनेमा ज़रूर दिखा दीजिए। किसी का मोटर चुपके से मँगवा लीजिएगा। मैंने कह रखा है कि मोटर कारख़ाने गया हुआ है।" लीजिए 'यक न शुद दो शुद'[34] आपने ये भी मशहूर कर रखा है कि घर का मोटर भी है। अब बताइए कि इसमें बेचारे ससुराल वालों का क्या क़ुसूर वो तो उसी क़िस्म की मोटी-ताज़ी तवक़्क़ुआत[35] लेकर आते ही रहेंगे और बेगम साहिबा की ये शेख़ी दीवाला निकलवाती रहेगी। इसी तरह बात ये है कि इस बात का सही अन्दाज़ तो मर्दुम-शुमारी[36] के काग़ज़ात देख कर हो सकता है कि बेगम साहिबा की मारफ़त हमारे ससुराली अज़ीज़ों के सही आदाद-ओ-शुमार[37] क्या हैं। मगर फ़िलहाल तो ये हो रहा है कि दफ़्तर में बैठे कि चिलमन उठाई और कोई न कोई अजनबी बुज़ुर्ग मौजूद। "बरख़ुर्दार तुम मुझको नहीं जानते मगर तुम दर-अस्ल मेरी आँखों के नूर और दिल के सुरूर हो और मैं रिश्ते में तुम्हारा ख़ुसर[38] होता हूँ। वो बच्ची जो तुमसे मंसूब[39] है मेरी गोदों की खिलाई हुई है और बचपन ही से उसकी पेशानी पर वो सितारा चमकता हुआ देख रहा था जिसको नय्यर इक़बाल कहते हैं। तो अज़ीज़-ए-मन देखने

को बेहद जी चाहता था।"

दूसरा काम ये था कि मेरे बच्चे यानी तुम्हारे बिरादर-ए-निस्बती[40] का चालान हो गया है। बलवे के सिलसिले में ग़ालिबन[41] साहबज़ादे ने किसी का सर फोड़ दिया है। ब-हरहाल तुम मेरा इतना काम कर दो कि इस चालान के क़िस्से से नजात दिलवा दो। किसी तरह अब वो काम हो सकता हो या न हो सकता हो मगर इस हिमाक़त की पादाश[42] में करना ही पड़ेगा कि उनके ख़ानदान में शादी कर बैठे हैं। दफ़्तर से घर पहुँचे हैं तो कोई और ही रिश्तेदार मौजूद है अपनी किसी ऐसी ही ग़रज़ को लिए हुए। और अगर कुछ न भी सही तो आज इस ससुराली अज़ीज़ के किसी अज़ीज़ की शादी है और दुल्हन के लिए तोहफ़े की ज़रूरत है। आज इस ससुराली अज़ीज़ के बन्दा-ज़ादे का अक़ीक़ा[43] है उसमें शिरकत की ज़रूरत है और शिरकत टैक्स की भी। बेगम साहिबा वाक़ा हुई हैं ऐसी ज़्यादा मरंजाँ-मरंज[44] कि मैकों वालों से तअल्लुक़ात भी ज़्यादा से ज़्यादा उस्तवार[45] रखना चाहती हैं और शौहर को भी कुछ ऐसा राई का सा पहाड़ बनाकर अपने मैके भर में मशहूर कर रखा है कि उनकी तस्नीफ़ की हुई पोज़ीशन को सँभालना एक मुस्तक़िल अज़ाब बन कर रह गया है।

ये हाल है कि किसी पर मुक़द्दमा चल जाए वो दौड़ा आ जाएगा इस ख़ाकसार के पास। किसी को कोई सिफ़ारिश पहुँचवाना होगी मुँह उठाए चले आएँगे ग़रीब-ख़ाने पर। किसी से कोई जुर्म सर-ज़द होगा, पनाह ली जाएगी इस ख़ाकसार की आड़ में। बीवी ने इस ख़ाकसार शौहर को तबर्रुक[46]

बनाकर अपने मैके में बाँट देने की ठान ली है। और ख़ुश हैं कि माँ का सिक्का जम रहा है, मेरे अज़ीज़ों में। मियाँ ऐसे हवास-बाख़्ता[47] हो चुके हैं कि इन ससुराली नवाज़िशात का अब सिलसिला बन्द होता ही नहीं। कोई लाख मुहब्बत छिड़कता, ख़ुलूस बरसाता, ममता लुटाता हुआ आए मगर ये सुनते ही ख़ून ख़ुश्क हो जाता है कि ये कोई ससुराली अज़ीज़ है। वो बेचारा दामाद-पुर्सी का एहसान करता है और दामाद ऐसे ससुराल से बेज़ार[48] होते जा रहे हैं। वो यही कहते हैं कि

मुझ पे एहसान जो करते तो एहसान होता।

* * *

---

1. कान रखता है 2. कहा हुआ 3. सास, पत्नि की माँ 4. जान की सुरक्षा के लिए 5. ससुराल पहुँचना 6. हरगिज़ 7. सीख लेने वाली नज़र 8. योग्यता 9. भौगोलिक 10. रस 11. जादुई 12. जाप 13. लिखना 14. मुर्ख 15. भयानक 16. सौभाग्य 17. शरणर्थी 18. पत्नी 19. बेहोशी 20. हर्ज 21. भर देना 22. आयोजन, प्रोग्राम 23. प्रवाहशीलता 24. शिक्षित 25. ऊँचा पद 26. हाकिमों से मेल-जोल 27. वो नेमत जिसे मिलने का गुमान न हो 28. ऊपर की 29. चहक कर 30. निर्णय 31. अस्त-व्यस्तता 32. आहिस्ता कहना 33. अच्छा बर्ताव 34. एक मुसीबत तो थी दूसरी भी साथ लगी 35. आशाएँ 36. जन गणना 37. सांख्यकी 38. ससुर 39. सम्बन्ध 40. पत्नि का भाई अर्थात साला 41. संभवत: 42. परिणाम, बदला 43. नामकरण की रस्म 44. शांत स्वभाव 45. दृढ़ 46. प्रसाद 47. बदहवास 48. विमुख

शादी हिमाक़त है

शादी के बाद से इस बात पर ग़ौर करने की कुछ आदत सी हो गई है कि शादी करना कोई दानिश-मन्दाना-फ़ेल[1] है या हिमाक़त[2], यानी अगर ये दानिश-मन्दी है तो फिर बाज़ औक़ात अपने बेवक़ूफ़ होने का बे-साख़्ता एहसास क्यों होने लगता है और अगर ये हिमाक़त है तो इस हिमाक़त में दुनिया क्यों मुब्तला नज़र आती है। आप कह सकते हैं कि अगर ये कोई ग़ौर करने की बात थी तो शादी से पहले ग़ौर किया होता। मगर मेरा ख़याल ये है कि ग़ौर करने का शऊर आम तौर पर शादी के बाद ही पैदा होता है। वरना इस दुनिया से शादी की रस्म कब की फ़ना हो चुकी होती। यहाँ तक पहुँचने के बाद एक सवाल और पैदा होता है। वो ये है कि शादी हो चुकने के बाद इस पर ग़ौर करने से फ़ायदा ही क्या है। इसका जवाब ये है कि इसका फ़ायदा एक शादी-शुदा इंसान को तो ख़ैर नहीं पहुँच सकता। लेकिन ख़लक़ुल्लाह[3] को फ़ायदा पहुँचने का क़वी इम्कान मौजूद है। जिस तरह दुनिया के तमाम तजरबे

हासिल करने वाले बनी-नौ-ए-इंसान[4] के मोहसिन हैं। उसी तरह हम शादी-शुदा लोग भी आइन्दा नस्लों के मोहसिन हो सकते हैं, बशर्ते कि वो नस्लें,

देखें हमें जो दीदा-ए-इबरत[5] निगाह हो

यक़ीनन वो अज़ीमुल-मर्तबत[6] शख़्स हम सबका मोहसिन था जिसने सबसे पहले ज़हर खाकर मरने का तज्रबा किया और दुनिया को ज़हर के मुतअल्लिक़ ये शऊर अता किया कि उसके खाने से आदमी मर जाता है। चुनांचे हमने भी शादी इसलिए की है कि ग़ैर शादी-शुदा हमको देखें कि शादी करने के बाद इंसान वो हो जाता है जो हम हो गए हैं।

शादी तो ख़ैर एक मुस्तक़िल मबहस[7] बल्कि एक फ़न-ए-मुकम्मल है। इस सहरा का सिर्फ़ एक ज़र्रा[8] और इस क़ुल्ज़ुम[9] का सिर्फ़ क़तरा इस वक़्त मौज़ू-ए-बहस है। यानी बीवी भी नहीं बल्कि बीवी के रिश्तेदार, अब अगर आप उस ज़र्रे की वुसअतों और उसी क़तरे की गहराइयों पर ग़ौर करें तो चीख़ उठेंगे।

उसी क़तरे में दरिया है, उसी ज़र्रे में सहरा है। बीवी के रिश्तेदार एक शादी-शुदा इंसान के लिए आम तौर पर साँप के मुँह वाली छुछुन्दर साबित होते हैं जिनको न उगला जाए न निगला जा सकता कि वो बीवी के रिश्तेदार हैं। और निगला इसलिए नहीं जा सकता कि अपने रिश्तेदार नहीं हैं। अपने रिश्तेदारों के मुतअल्लिक़ एक आदमी को हर वक़्त उगलने या निगलने का इख़्तियार हासिल रहता है। उनसे दिल ख़ुश है, तबीअत मेल खा रही है। दिल क़ुबूल कर रहा है तो

तअल्लुक़ात क़ायम हैं, वरना बहाना ढूँढ़ कर लड़ लिए। वो अपने घर ख़ुश हम अपने घर ख़ुश, लेकिन बीवी के रिश्तेदारों के मुतअल्लिक़ तो ये गोया एक तय-शुदा बात है कि उनसे हर हाल में तअल्लुक़ात रखना हैं। उनसे ख़ुलूस का इज़हार करना है, उनकी मुदारात[10] में दिल, जिगर और आँखों के फ़र्श बिछाकर उन पर जज़्बात के गाव तकिए लगाना हैं। अगर वो बड़े हैं तो सआदतमन्दी[11] के उनको वो जौहर दिखाना हैं जो ख़ुद उनकी ज़ाती औलाद से मुम्किन न हों। अगर बराबर के हैं तो मुहब्बत का वो इज़हार करना है कि वो भी मुनाफ़क़त[12] के क़ाइल हो जाएँ। अगर छोटे हैं तो इस क़िस्म की शफ़क़त करना है जिसमें गुस्ताख़ी का कोई इम्कान न हो।

अलबत्ता अगर अदब का पहलू नुमायाँ हो जाए तो चन्दाँ मुज़ाइक़ा[13] नहीं है। आपको मालूम है कि इस क़िस्म की ज़बरदस्ती और नफ़्स-कुशी[14] से एक इंसान किस हद तक जराएम-पेशा हो जाता है। यानी उसकी अख़्लाक़ी जुरअत फ़ौत हो जाती है, ज़मीर की ज़बान पर फ़ालिज[15] गिर जाता है। सच्चाई के आलम में आ जाती है, ईमानदारी इख़्तिलाज[16] में मुब्तला हो जाती है और ब-हैसियत-ए-मजमूई[17] वो इंसान अगर कुछ बाक़ी रह जाता है तो सिर्फ़ मुनाफ़िक़, दरोग़-बाफ़[18], और एक हद तक डरपोक भी। लेकिन कुछ भी हो अगर उसको बीवी प्यारी है तो बीवी के रिश्तेदारों से अच्छे तअल्लुक़ात रखना ही पड़ते हैं। ख़्वाह दिल ही दिल में वो ख़ुद-कुशी या फ़रार के इम्कानात पर कितना ही ग़ौर क्यों न करे।

बीवी के रिश्तेदारों की भी अजीब-अजीब क़िस्मों से एक

बीवी वाले को दो-चार होना पड़ता है। उनमें से मौत का दर्जा तो कम-ओ-बेश सब ही को हासिल होता है। लेकिन बाज़ होते हैं महज़ मौत, बाज़ नागहानी[19] मौत, बाज़ ग़रीब-उल-वतनी की मौत और बाज़ हर हाल में मलक-उल-मौत[20], महज़ मौत तो ख़ास-ख़ास लोग होते हैं जिनका एक इंसान तक़रीबन आदी हो जाता है, मसलन बीवी के वालिद, भाई, माँ, ख़ाला, चचा, चची, मामूँ और ममानी वग़ैरा। नागहानी मौत वो रिश्तेदार होते हैं जिनका कोई इल्म ही नहीं होता। बस दफ़्तर से आकर ये मालूम होता है कि बावर्चीख़ाने में मुर्ग़ मुसल्लम पक रहा है। नेमत-ख़ाने में फ़िरीनी के प्याले चुने हुए हैं। और घर के तमाम नौकर पुलाव से कुश्ती लड़ रहे हैं। दरयाफ़्त करने पर पता चलता है कि ख़ुसर[21] साहब के कोई फूफीज़ाद भाई जुनूबी अफ़्रीक़ा से तशरीफ़ लाए हैं, चुनांचे सेहन में क़ालीन बिछे हुए, तख़्त पर गाव तकिया से लगे हुए हुक़्क़ा पीते और पान चबाते एक सिन्दबाद जहाज़ी नज़र आते हैं। जिनके सामने बीवी साहिबा पान पर पान और इलायचियों पर इलायचियाँ रखती नज़र आती हैं। मजबूरन निहायत अदब से आदाब अर्ज़ करना पड़ता है। जिसके जवाब में ये फ़िरऔन-ए-मिस्र फ़रमाते हैं,

"सलामत रहो मियाँ, आओ बैठो, बड़ी तबीअत ख़ुश हुई तुम्हें देखकर। बरख़ुर्दार-ए-मन, ये अजीब तरीक़ा है तुम्हारे यहाँ का कि सुब्ह से ग़ायब अब आए हो शाम को।"

अर्ज़ किया कि "दफ़्तर के औक़ात कुछ ऐसे ही हैं।"

निहायत रऊनत[22] से फ़रमाया, "दर-अस्ल मुलाज़मत

गुलामी का दूसरा नाम है। हमारे ख़ानदान में सब तिजारत पेशा हैं। अब ये उन लड़कियों की क़िस्मत थी कि उनको मुलाज़मत पेशा-वर मिले और दर-अस्ल तिजारत का कहना ही क्या। इंसान बादशाही की हद तक तरक़्क़ी कर सकता है। जुनूबी अफ़्रीक़ा में तुम्हारी दुआ से पहले एक चाय स्टॉल था मेरा, अब दो होटल हैं और ख़ूब चल रहे हैं। भाई साहब को देखो, यानी अपने ख़ुसर को लैस, बेल, फ़ीता, वग़ैरा बेचते थे मगर अब ख़ुदा के फ़ज़्ल से महज़ दुकान का किराया देते हैं। आठ रुपए माहवार तो मतलब ये कि तिजारत कुछ और ही चीज़ है। बहर-हाल क्या तनख़्वाह मिलती है?"

अर्ज़ किया, "पचासी रुपऐ।"

निहायत हक़ारत[23] से उन बिसाती के भाई होटल वाले साहब ने फ़रमाया, "इस क़दर आमदनी तो एक ताँगा रखकर और किराया पर चलाकर भी हो सकती है।"अब बीवी को जो रहम-तलब नज़रों से देखा तो वो गोया अपने अफ़्रीक़न चचा जान की ताईद[24] में थीं, नतीजा ये हुआ कि ज़ह्र का घूँट पी कर और उनके साथ मुर्ग़ पुलाव और फ़िरीनी खाकर रह गए।

एक तो आए दिन की मुसीबत ये है कि सोसाइटी में हर वक़्त के ताने हैं कि सुनिए जनाब आपके ख़ुसर तो बड़े गिराँ-फ़रोश[25] हो गए हैं। सीप के बटन तमाम दुनिया में चार आने दर्जन मिल रहे हैं, और वो देते हैं पाँच आने दर्जन, अब कौन उन पढ़े लिखे दोस्तों को समझाए कि भाई उनको घुमा फिराकर बिसाती न कहो। मलिक-उत-तुज्जार[26] कहो, बहरहाल इस क़िस्म की बातों की तो ख़ैर आदत पड़ जाती है। मगर ये

भाँत-भाँत के नागहानी रिश्तेदार जो टपकते रहते हैं उनका आख़िर क्या इलाज और उनसे भी ज़्यादा लाइलाज वो क़िस्म है जिसको ग़रीब-उल-वतनी की मौत अर्ज़ किया है। बीवी के ये रिश्तेदार ग़ुर्बत[27] में बहुत सताते हैं। फ़र्ज़ कर लीजिए कि आप ब-सिलसिला-ए-मुलाज़मत[28] या ब-सिलसिला-ए-शामत कहीं बाहर गए हुए हैं। बड़े लिए दिए बैठे हैं। दिल मुत्मइन है कि यहाँ किसी को ये ख़बर नहीं कि हम बिसाती के दामाद हैं कि यका-यक एक साहब दाढ़ी चढ़ाए लठ हाथ में कुछ चोरों की सी वज़ा-क़ता[29] तशरीफ़ ले आएँगे और इतनी ज़ोर से अस्सलामु अलैकुम करेंगे कि आप उछल पड़ेंगे। अब वो गुल-अफ़्शानी शुरू कर देंगे कि "अरे भाई यहाँ आए और ख़बर तक न की। हम लाख ग़रीब हैं मगर फिर भी तुम हमारे दिल-ओ-जिगर हो, मैं तुम्हारे ख़ुसर साहब की हक़ीक़ी ख़ाला का दामाद हूँ। इस क़दर क़रीब के अज़ीज़ और ये बेगानगी और जो ये कहो कि मेरा पता न था तो मियाँ ये बात मैं मानने को नहीं, स्टेशन पर जिस ताँगे वाले से पूछ लेते कि भाई तुम्हारे चौधरी कहाँ रहते हैं वो पता बता देता।" अब बताइए कि उन चौधरी साहब के परदेसी दामाद का सारा वक़ार उस ग़रीब-उल-वतनी में किस की बग़लें झाँकता फिरे और जो सिक्का यहाँ जमाना चाहते थे उसकी खोट मालूम हो जाने के बाद अपनी क़ीमत क्योंकर क़ायम रखी जाए।

ख़ैर, ये सूरतें तो ऐसी हालत में पैदा होती हैं कि आदमी ज़ोफ़-ए-बसर[30] के मातहत या तो अपने से पस्त दर्जा के लोगों से ससुराली ताल्लुक़ात पैदा करने या दिमाग़ की ख़राबी के मातहत बिला वज्ह ख़ुद अपनी असलियत छुपा रहा हो और

वो इस तरह बेनक़ाब होती है। लेकिन ऐसी सूरतें अगर न भी हों तो ससुराली रिश्तेदार कुछ अजीब ख़ुदाई फ़ौजदार क़िस्म के लोग तो ज़रूर ही साबित होते हैं।

हमदर्दी वो इसलिए नहीं कर सकते कि अपने नहीं होते और नुक्ता-चीनी इसलिए अपना फ़र्ज़ समझते हैं कि हम उनकी एक अज़ीज़ा के निहायत ख़ास क़िस्म के रिश्तेदार होते हैं। यानी वो अच्छी तरह ठोंक बजा कर इस क़ाबिल तो समझ लेते हैं कि अपनी अज़ीज़ा की शौहरी के एज़ाज़[31] से हमको सरफ़राज़ कर दें। मगर ये अन्देशा उनको क़दम-क़दम पर रहता है कि मुम्किन है उनकी नज़र-ए-इन्तख़ाब[32] ने धोखा खाया हो। ब-हरहाल पहले तो वो रस्मी तौर पर अपनी अज़ीज़ा का शौहर बना देते हैं। इसके बाद अमली तौर पर गोया शौहर बनने की ट्रेनिंग देते रहते हैं। शौहर ग़रीब, निस्बत से लेकर शादी तक और शादी से लेकर मौत तक यही समझता रहता है कि उसने अपने को सिर्फ़ एक हस्ती से वाबस्ता[33] किया है। लेकिन उसकी ये ग़लत-फ़हमी तरह तरह से दूर की जाती है और उसको बताया जाता है कि निकाह तो सिर्फ़ एक से हुआ, मगर निबाह इन सबसे करना है जो किसी न किसी हैसियत से बीवी के रिश्तेदार हैं या हो सकते हैं या समझे जा सकते हैं, या समझे जाने का कोई भी इम्कान मौजूद है। उन रिश्तेदारों से निबाह भी मर-खप कर गवारा कर लिया जाए। मगर होता आम तौर पर ये है कि निबाह अख़्लाक़ी, तमद्दुनी, मुआशरती, इक़्तिसादी और मआशी हर हैसियत से अव्वल तो ना-मुम्किन होता है और अगर मुम्किन बना भी लिया जाए तो बहुत गिराँ रहता है। मसलन अख़्लाकी हैसियत

से यूँ गिराँ साबित होता है कि उनकी हर बद-अख़्लाकी को सराहना आख़िर क्यूँ कर मुम्किन है।

तमद्दुनी और मुआशरती हैसियत से ये निबाह इसलिए गिराँ बैठता है कि अपना तमद्दुन और अपनी मुआशरत छोड़कर उनके रंग में रंग जाना अव्वल तो एक क़िस्म की ज़न-मुरीदी है। दूसरे ये भी कोई ज़रूरी बात नहीं कि वो तमद्दुन और मुआशरत क़ाबिल-ए-क़बूल भी हो।

फ़र्ज़ कर लीजिए कि वो लोग पहलवान हैं। अब बताइए कि हम अपनी मुआशरत में डम्बल और मुगदर क्यूँकर शामिल कर सकते हैं। इक़्तिसादी हैसियत का पूछना ही क्या जितनी तक़रीबें, शादियाँ, कन-छेदन, दूध बढ़ाई, मूँछों में, कूँडे, मंगनियाँ और हद ये है कि मौतें उन ससुराली रिश्तेदारों में होती हैं। इतनी अपने रिश्तेदारों में कभी नहीं होतीं, इसलिए कि अपने रिश्तेदार तो गिने गिनाए महदूद होते हैं। मगर इन ससुराली रिश्तेदारों का तो कोई शुमार नहीं होता। फिर ये कि हर तक़रीब में बीवी का जाना और शौहर का इस सिलसिले में मक़रूज़ होना बर-हक़[34] होता है ताकि ससुराल में बात बनी रहे। ख़्वाह महाजन बात का बतंगड़ बना ले। मआशी हैसियत का ज़िक्र मैंने इसलिए किया है कि बहुत से दामाद क़िस्म के यतीम लोग या तो ससुराली पेशा इख़्तियार करने पर मजबूर कर दिए जाते हैं या कम से कम ससुराली बुज़ुर्गों के मशवरे से किसी मुलाज़मत से मुस्तफ़ी होने या किसी मुलाज़मत की उम्मीदवारी करने का फ़ैसला ज़रूर करते हैं। इन तमाम उमूर के अलावा एक सबसे बड़ी बात ये भी होती है कि ससुराली रिश्तेदारों की तब्लीग़ से अपने रिश्तेदारों से आदमी दूर हो

जाता है। ख़ैरियत उसी को समझिए कि अमन-ओ-सुकून से तअल्लुक़ ख़त्म और वो उस्तुवार[35] होता रहे। वरना इस सिलसिले में फ़ौजदारियाँ तक देखी और सुनी हैं और क्या अजब है कि कभी उन ही फ़ौजदारियों की ज़ाती तौर पर नौबत आ जाए, इसलिए कि लाख समझदार सही मगर फिर भी आख़िर शादी-शुदा तो हम हैं ही।

* * *

---

1. होशियारी वाला काम 2. मूर्खता 3. ईश्वर की निर्मित (प्राणी) 4. इंसान, मानव जाति 5. नसीहत हासिल करने वाली नज़र 6. ऊँचे दर्जे वाला 7. तर्क-वितर्क 8. कण 9. एक समुन्द्र का नाम 10. सत्कार 11. अज्ञाकारी 12. अधर्मी 13. संकोच 14. कामुक इच्छाओं को रोकना 15. पक्षाघात 16. घबराहट 17. कुल मिलाकर 18. झूठा 19. आकस्मिक 20. यमराज 21. बेघर, जिसकी कोई सुध लेने वाला न हो 22. अहंकार, अभिमान 23. नफ़रत 24. पक्ष 25. मंहगा बेचने वाला 26. व्यापारियों का सरदार 27. ग़रीब 28. नौकरी के सिलसिले में 29. वेशभूषा 30. इंसानी कमज़ोरी 31. सम्मान 32. पसन्द करने वाली दृष्टि 33. संलग्न 34. उचित 35. स्थाई

वकील

हिन्दुस्तान में जैसी अच्छी पैदावार वकीलों की हो रही है अगर उतना ही ग़ल्ला पैदा होता तो कोई भी फ़ाक़े न करता। मगर मुसीबत तो ये है कि ग़ल्ला पैदा होता है कम और वकीलों की फ़स्ल होती है अच्छी। नतीजा यही होता है कि वही सब ग़ल्ला खा जाते हैं और बाक़ी सब के लिए फ़ाक़े छोड़ देते हैं। अब आप ख़ुद समझ सकते हैं कि भूखे हिन्दुस्तानी सिवाए आपस में लड़ने और एक दूसरे से रोटी छीनने के और कर ही क्या सकते हैं। इसी छीना-झपटी और लड़ाई दंगे में मुक़द्दमे तैयार होते हैं और उन मुक़द्दमों में फिर ज़रूरत पड़ती है उन ही वकीलों की जो हर साल खेतों के बजाए कॉलिजों में ग़ल्ला की जगह पैदा होते हैं।

ज़रूरत इसकी थी कि मुक़द्दमों की तादाद के हिसाब से वकील हुआ करते मगर वकीलों की तो और कसरत है कि अगर एक-एक मुक़द्दमा में एक-एक हज़ार वकील लगा दिए जाएँ तो भी वकीलों की एक बहुत बड़ी जमात ऐसी बाक़ी

रह जाएगी जो मुक़द्दमे न मिलने की शिकायत करती रहे। यही वज्ह है कि नौकरी न मिलने की वज्ह से बहुत से ग्रेजुएट घबरा कर वकील तो बन जाते हैं मगर वकील बनने के बाद जब मुक़द्दमे भी नहीं मिलते तो फिर घबरा कर नौकरी करने लगते हैं।

अगर ग़ौर कीजिए तो इस वक़्त वकीलों की बहुत सी क़िस्में आपको मिलेंगी। एक क़िस्म तो उन वकीलों की है जिनकी वकालत चल रही है। एक क़िस्म वो है कि वकील साहब ख़ुद चल रहे हैं मगर वकालत नहीं चलती। एक तीसरी क़िस्म उन वकीलों की है जो न ख़ुद चलते हैं न वकालत चलती है, बल्कि दोनों साइनबोर्ड बने हुए दरवाज़े पर लटके रहते हैं। और चौथी क़िस्म उन वकीलों की है जो हैं तो वकील ज़रूर मगर वकालत से घबरा कर किसी स्कूल में मास्टरी कर रहे हैं या किसी दफ़्तर में क्लर्की फ़र्मा रहे हैं या किसी रईस के यहाँ नौकर हैं या अपनी ससुराल में रहते हैं या फ़क़ीरी ले चुके हैं या महज़ शायर बन गए हैं या कोई अख़बार निकाल कर एडिटर हो गए हैं या किसी फ़िल्म कम्पनी में ऐक्टर हैं या रेलवे में टिकट कलेक्टर हैं या अभी तक घर में बैठे हुए ये ग़ौर कर रहे हैं कि आटा पीसने की चक्की लगाना मुनासिब होगा या शादी एजेंसी खोलने में ज़्यादा फ़ायदा है। ब-हरहाल वकालत का उनके दिमाग़ में कोई ख़याल नहीं होता और न भूल कर भी वो कभी अपने वकील होने के मुतअल्लिक़ ग़ौर करते हैं।

क़िस्सा दर-अस्ल ये है कि वकालत आख़िर कहाँ तक चले और किस-किस की चले। यक़ीन जानिए कि अगर

हिन्दुस्तान भर के लोग एक दूसरे से सर-फुटव्वल में मसरूफ़ हो जाएँ और हिन्दुस्तान की तमाम आबादी को सिवाए उसके और कोई काम न रह जाए कि वो बस फ़ौजदारी किया करे तो उन वकीलों की शायद पूरी पड़े। मगर क़िस्सा तो ये है कि हर साल हिन्दुस्तान की आबादी जितनी नहीं बढ़ती उतने वकील बढ़ जाते हैं और अगर यही रफ़्तार है तो वो दिन क़रीब है जब हर मुवक्किल ख़ुद वकील भी हुआ करेगा और वकील मुवक्किल भी होगा। यानी इस मुल्क में सिवाए वकीलों के और कोई नज़र ही न आएगा। मालिक वकील, नौकर वकील, मियाँ वकील, बीवी वकील, बाप वकील, ताजिर वकील, गाहक वकील, मुजरिम वकील, मुंसिफ़ वकील, मुल्ज़िम वकील, गवाह वकील, ज्यूरी वकील। मुख़्तसर ये कि इधर वकील उधर वकील, उत्तर वकील, दक्खिन वकील, पूरब वकील, पच्छिम वकील गोया वकीलों का एक सैलाब होगा जिसमें हिन्दुस्तान बह जाएगा और तारीख़ों में हिन्दुस्तान का सिर्फ़ इसी क़दर ज़िक्र बाक़ी रह जाएगा कि ये एशिया का एक मुल्क था कि जिसमें वकील पैदा होते थे और आख़िर इन्हीं वकीलों की कसरत[1] ने इस मुल्क को डुबो दिया। अब भी बहर-ए-हिन्द[2] में अक्सर वकीलों के गाउन और वकालत-नामे तैरते हुए पाए जाते हैं और ग़ोता-ख़ोरों ने मुक़द्दमात की मसलें भी बरामद की हैं।

सवाल ये है कि वकीलों की इस दिन दूनी रात चौगुनी तरक़्क़ी के बाद वकील बेचारे आख़िर करेंगे क्या। आज ही ये हाल है कि मुक़द्दमों के लिए वकील तो जिस तादाद में जिस साइज़ जिस डिज़ाइन के कहिए ढेर कर दिए जाएँ।

मगर वकीलों को आँख में लगाने के लिए दवा के तौर पर भी मुक़द्दमे नहीं मिलते और ख़ुदा जाने वो बेचारे क्यूँकर वकील बन कर ज़िन्दा रहते और अपनी ज़ाहिरी शान को क़ायम रखते हैं। मगर यक़ीन जानिए कि जो ज़माना कल आ रहा है वो आज से भी ज़्यादा उन वकीलों के लिए सख़्त है। इसलिए कि हिन्दुस्तान रोज़-ब-रोज़ मुहज़्ज़ब हो रहा है और समझदार हिन्दुस्तानी लड़ाई झगड़ा छोड़ते जाते हैं, मगर वकील हैं कि उबलते ही आते हैं। जो वकील पहले से बने हुए हैं उनका तो हाल ये है कि हाथ पर हाथ धरे बैठे हैं। फिर भला इस नई दर-आमद की खपत कहाँ हो सकती है। ये मज़ाक़ नहीं है बल्कि वकीलों को वाक़ई अपने मुतअल्लिक़ ठण्डे दिल से ग़ौर करना है कि वो क्या करेंगे। अगर हमारा ये ख़याल ग़लत भी है कि हिन्दुस्तान मुहज़्ज़ब हो रहा है और लड़ाई-झगड़े को लोग छोड़ रहे हैं जिसके बाद मुक़द्दमे तैयार न हो सकेंगे तो भी ज़रा ग़ौर तो कीजिए कि हर साल वकीलों की जो फ़ौज हिन्दुस्तान भर की यूनीवर्सिटियों से निकलती है उसके लिए नए-नए मुक़द्दमे कहाँ से लाए जाएँगे और अगर इसी हिसाब से हिन्दुस्तान में जराएम की रफ़्तार बढ़ती गई और मुक़द्दमों की तादाद में इज़ाफ़ा होता रहा तो इसके दो ही नतीजे हो सकते हैं कि या तो हिन्दुस्तान एक बहुत बड़ा जेल-ख़ाना बन कर रह जाए वरना श्रीनगर से रास कुमारी तक और कराची से डिब्रूगढ़ तक लम्बी चौड़ी कचहरी हो जाएगा। लेकिन इसके बाद भी तो वकीलों को अपने लिए कोई और रास्ता ढूँढना पड़ेगा। फिर आख़िर वो हिन्दुस्तान को जेल-ख़ाना या कमरा-ए-अदालत बना देने पर क्यों तुले हुए हैं। आख़िर अपने लिए अभी से कोई

रास्ता क्यों नहीं ढूँढते। जंगलात का महकमा है इसमें जगह ढूँढते रहें। दुनिया के समुन्दरों में बहुत से ग़ैर-आबाद जज़ीरे हैं। उनको ढूँढें और आबाद करें। हिमालिया की मुहिम में अब तक सबको नाकामी हुई है। ये लोग भी कोशिश करें शायद कामयाबी उन्हीं की क़िस्मत में लिखी हो। हिन्दुस्तान के जंगलों में ख़ौफ़नाक दरिन्दे मारे-मारे फिरते हैं अगर उनको साधा लिया जाए तो वो सर्कसों में काम आ सकते हैं और सर्कस वाले अच्छे दाम देकर ख़रीद सकते हैं, लिहाज़ा उन दरिन्दों की तालीम-ओ-तर्बीयत की तरफ़ तवज्जो करें।

शेर को सलाम करना सिखाएँ। भालू को हुक़्क़ा पीने की तालीम दें, बन्दरों को डांस कराएँ और इसी तरह उन जंगली जानवरों को सर्कस के क़ाबिल बनाएँ। ये बहुत फ़ायदे का काम है और इस काम में सब ही लग सकते हैं, ब-शर्ते कि ज़रा मेहनत करें। दुनिया के समुन्दरों में आए दिन जहाज़ डूबते रहते हैं। ऐसे-ऐसे खज़ाने होते हैं जो अगर किसी को मिल जाए तो वो मालदार हो जाए, लिहाज़ा ग़ोता-ख़ोरी सीखें और उस दौलत को हासिल करें जो मछलियों और कछुओं के लिए बेकार है मगर इंसान के काम आ सकती है और इंसान को माला-माल कर सकती है।

इसी हिन्दुस्तान में ख़ुदा जाने ज़मीन के अन्दर कैसे-कैसे खज़ाने हैं। कहीं सोने की कान है तो कहीं मिट्टी के तेल का चश्मा है। कहीं कोयला है तो कहीं लोहे की कान है। अगर वीरान जंगलों में ज़रा दिल लगाकर खुदाई शुरू कर दी जाए तो अगले ज़माने के बादशाहों से लेकर छोटे-छोटे रजवाड़ों तक के खज़ाने अलग मिल सकते हैं और ये कानें अलग

दरयाफ़्त की जा सकती हैं। दूसरे मुल्क के लोग नई ईजादें करते रहते हैं कि कहीं किसी दरख़्त के रेशों से कपड़ा बना लिया तो कहीं दो-तीन दरख़्तों को मिलाकर कोई खाने की चीज़ पैदा कर ली। आख़िर इस क़िस्म की ईजादों की तरफ़ ये लोग क्यों न मुतवज्जा हों। क्या तअज्जुब है कि इन ही के दिमाग़ में कोई ऐसी तरकीब आ जाए जिससे कपड़े को खाया और रूई को पहनाया जा सके या रेत को अनाज की तरह पेट भरने के काम में लाया जा सके या आटे की भूसी से सूट का कपड़ा तैयार हो सके।

ब-हरहाल दिमाग़ लड़ाने की ज़रूरत है और जब दिमाग़ लड़ जाए तो हाथ पैर चलाने की भी ज़रूरत होगी। इसलिए कि अब ख़ाली बैठने और वकालत से कोई उम्मीद रखने से काम नहीं चल सकता। ख़ुदा न करे कि वकीलों की बढ़ती हुई तादाद की तरह मुक़द्दमे भी बढ़ते जाएँ। अभी तो ख़ैर मुंशी जी एक-आध मुवक्किल कहीं न कहीं से पकड़ ही लाते हैं। और वकील साहब औने-पौने उसका मुक़द्दमा इसलिए लड़ा देते हैं कि पेट में आँतें एक दूसरे से लड़ती हैं और घर में बीवी नाक में दम रखती हैं। आख़िर इन सबको किसी तरह समझाया जाए या नहीं। लेकिन अब तो वो वक़्त भी आ रहा है जब मुंशी जी ख़ुद भी वकील होंगे, और घरवाली भी वकील होंगी। फिर वकील साहब आसानी से ये न समझा सकेंगे कि मुक़द्दमा क्यों नहीं मिलता और वकालत क्यों नहीं चलती।

साहब लाख बातों की एक बात तो ये है कि दुनिया की हवा ही कुछ वकालत के ख़िलाफ़ चल रही है। एक तरफ़ वकील बढ़ते जाते हैं और वकील आम तौर पर अच्छी ख़ासी उम्र पाते

हैं। दूसरी तरफ़ हिन्दुस्तान के मुवक्किल क़िस्म के बाशिन्दे मुक़द्दमों का शौक़ छोड़ रहे हैं। अगले ज़माने में तो ये होता था कि किसी ने किसी को देखकर अगर ज़मीन पर थूक भी दिया तो लीजिए एक लाजवाब चलता-फिरता मुक़द्दमा तैयार हो गया जो महीनों चला करता था और दोनों तरफ़ के वकीलों को ख़ूब-ख़ूब फ़ीसें मिलती थीं। लेकिन अब तो ये हाल है कि किसी को सर-ए-राह मार भी दीजिए और फिर सिर्फ़ ये कह दीजिए कि माफ़ कीजिएगा ग़लती हुई, बस वहीं पर हाथ मिल जाते हैं और क़िस्सा कचहरी क्या मानी थाना तक नहीं पहुँचता या अच्छी ख़ासी फ़ौजदारी को लोग बीच बचाव करके ख़त्म करा देते हैं। ये दर-अस्ल वकीलों की हक़-तल्फ़ी[3] है और वकीलों को चाहिए कि इसके लिए क़ानून बनवाएँ कि इस तरह का निजी बीच-बचाव जुर्म क़रार दे दिया जाए वरना तमाम मुआमलात यूँ ही तय होने लगेंगे और ये वकील बेचारे कहीं के भी न रहेंगे बल्कि अगर वकील साहिबान हमारी राय मानें तो हम उनको मशवरा देंगे कि वो अपने इन मुआमलात में भी हक़ पैदा करें, जिनका तअल्लुक़ अब तक क़ानून या अदालत से नहीं है, इसलिए कि मुक़द्दमेबाज़ी तो बहुत जल्द कम हो ही जाएगी और वकीलों का काम अब दूसरी सूरतों ही से चल सकता है, जिनमें से चन्द हम बताए देते हैं।

वकीलों को चाहिए कि वो इस बात पर ज़ोर दें कि चूँकि शादी-ब्याह बिल्कुल क़ानूनी चीज़ है लिहाज़ा हर शादी के मौक़े पर एक क़ाज़ी के अलावा लड़की वालों और लड़के वालों की तरफ़ से एक-एक सनद याफ़्ता वकील भी हुआ करे ताकि वो शादी की क़ानूनी सूरतों को बाक़ायदा बना सकें और

कोई क़ानूनी ख़ामी[4] बाक़ी न रहे। इसी तरह बच्चे की पैदाइश के वक़्त दाई को चाहिए कि वो वकील के सामने अपना बयान दे और उसी बयान की रौशनी में बच्चे की विरासत तय पाए। तलाक़ और आक़[5] के क़िस्सों में भी वकीलों की मौजूदगी ज़रूर बनाई जाए। मुख़्तसर ये कि इसी क़िस्म की चीज़ें हैं जिनमें आइन्दा वकील अपनी वकालत को काम में ला सकेंगे और उन चीज़ों के लिए अगर अभी से कोशिश न की गई तो कुछ भी न हो सकेगा और फिर वकीलों की जो हालत होगी वो निहायत अफ़सोस-नाक होगी मगर हमको उम्मीद है कि वकील साहिबान ये नौबत न आने देंगे बल्कि अपने और अपनी आइन्दा नस्ल के लिए ये इन्तिज़ाम कर लेंगे कि मुक़द्दमों के अलावा भी क़दम-क़दम पर उनकी ज़रूरत महसूस हो। ज़मीन वकील साहब बिकवाएँगे। रेल का टिकट वकील साहब के सामने ख़रीदा जाएगा। स्कूल में बच्चे का दाख़िला वकील साहब के ज़रिए हुआ करेगा, पार्सल वग़ैरा एक वकील साहब के सामने रवाना होंगे और दूसरे वकील साहब के सामने खोले जाएँगे।

मियाँ बीवी वकीलों को बिठा कर आपस में लड़ा करेंगे। बाप वकील साहब की मौजूदगी में बच्चे को सज़ा देगा। डाक्टर वकील साहब की मौजूदगी में नुस्ख़ा लिखेंगे और मरीज़ वकील साहब के सामने नुस्ख़ा इस्तेमाल करेगा। मरने वाला वकील साहब से मशवरा लेकर मरेगा और मरने वाले के अज़ीज़ वकील साहब की राय से कफ़न का इन्तिज़ाम करेंगे। शायर वकील साहब से पूछ-पूछ कर शेर कहा करेंगे और एडिटर अपना हर पर्चा वकील साहब को दिखा कर

शाए करेंगे। मुक़र्रिर पहले वकील साहब को तक़रीर सुनाएगा और जलसा में जानेवाले पहले वकील साहब से राय ले लेंगे। मुख़्तसर ये कि इन तमाम बातों में अगर वकीलों ने अपनी ज़रूरत पैदा कर ली तो ख़ैर। नहीं तो हम बताए देते हैं कि आज नहीं तो कल वकील साहिबान ये ग़ौर करेंगे कि हम क्या करें और हमारा काम क्या है। ये जितनी चीज़ें हमने बताई हैं उनमें वकील साहबान अपनी ज़रूरत आसानी से पैदा कर सकते हैं। इसलिए कि ब-ज़ाहिर ये मामूली मामूली बातें हैं मगर बढ़ते-बढ़ते यही बात का बतंगड़ बन कर अदालतों और हाई कोर्टों से गुज़र कर पूरी नस्ल तक पहुँच सकती हैं, लिहाज़ा वकीलों की उनमें यक़ीनन ज़रूरत है। ये और बात है कि वकील अपनी ज़रूरतें ख़ुद न पैदा करें।

* * *

---

1 बहुतायत 2 हिन्द महासागर 3 अधिकार से वंचित करना 4 त्रुटि 5 माता पिता का आज्ञाकारी

मैं एक शायर हूँ

साहब मैं एक शायर हूँ छपा हुआ दीवान तो ख़ैर कोई नहीं है। मगर कलाम ख़ुदा के फ़ज़्ल से इतना मौजूद है कि अगर मैं मुरत्तब करने बैठूँ तो एक छोड़ चार-पाँच दीवान मुरत्तब कर ही सकता हूँ। अपनी शायरी के मुतअल्लिक़ अब मैं ख़ुद क्या अर्ज़ करूँ अलबत्ता मुशायरों में जानेवाले हज़रात अगर किसी मुशायरे में मेरा कलाम सुन चुके हैं तो वो बताएँगे कि मेरे मुतअल्लिक़ आम राय क्या है। अलबत्ता इतना मैं भी जानता हूँ कि जब मुशायरे में मेरे नाम का ऐलान होता है, सामईन बेक़ाबू हो कर उस वक़्त तक तालियाँ बजाते हैं जब तक मैं पढ़ने के लिए स्टेज पर न आ जाऊँ। और जब तक मैं पढ़ता हूँ दाद के शोर से मुशायरा गूँजता ही रहता है। मुझको अच्छी तरह याद है कि एक मर्तबा मेरा एक शेर आठ मर्तबा मुझसे पढ़वाया गया था और फिर भी सामईन ने यही कहा था कि सेरी नहीं हुई। ये सब कुछ मैं ख़ुद-सताई[1] के तौर पर अर्ज़ नहीं कर रहा हूँ। मेरा क़ौल ये है कि 'मन अनम कि मन

दानम'[2]। मैं तो ये सब कुछ इसलिए अर्ज़ कर रहा हूँ कि अपने मुतअल्लिक़ थोड़ा बहुत अन्दाज़ा क़रा दूँ कि मैं उन शायरों में से नहीं हूँ जो महज़ एक तख़ल्लुस पाल कर बैठे रहते हैं और ज़िन्दगी भर में बस एक-आध ग़ज़ल कहने के गुनहगार होते हैं। हज़्ज़त, यहाँ तो ब-क़ौल शख़्से,

उम्र गुज़री है इसी दश्त[3] की सय्याही[4] में

अभी होश सँभाला[5] ही था कि घर में शेर-ओ-शायरी के चर्चे सुने। मुशायरों के खेल और आख़िर पन्द्रह बरस की उम्र हो गई कि पहली ग़ज़ल इस शान से मुशायरे में पढ़ी है कि घर पर बड़ी बूढ़ियों ने नज़र उतारी और बाहर इस फ़न के बड़े-बड़े मश्शाकों ने ऐतराफ़ किया कि साहबज़ादे ने पालने ही में पैर दिखाए हैं। मतलब ये कि शायरी की इब्तिदा उसी उम्र में हुई जिसके मुतअल्लिक़ शायर कह गया है, कि

बरस पन्द्रह या कि सोलह का सिन
जवानी की रातें उमंगों के दिन

दाद जो मिली तो हौसले और बढ़ गए। अब दिन रात बस एक ही मश्ग़ला[6] है ग़ज़ल-गोई और ग़ज़ल-सराई। जिस मुशायरे में पहुँच गए बस झण्डे गाड़ आए। अपने सामने किसी का चराग़ न जलने दिया। जिस तरह मैंने ग़ज़ल कह दी उसको अपना लिया। ख़ास शोहरत हासिल की गिरह लगाने में। क़िस्सा-कोताह[7], कुछ ही दिनों में मुक़ामी मुशायरों के अलावा दूर-दूर से बुलावे आने लगे। आज यहाँ मुशायरा है तो कल वहाँ, आज इस शहर में तो कल उस शहर में। ये सच है कि इस तरह तालीम ज़रूर नाक़िस[8] रह गई मगर शायर होना

मुसल्लम हो गया। आवाज़ में क़यामत का सोज़[9] था और धुन बनाने का सलीक़ा ख़ुदा-दाद था, फिर कलाम की लताफ़तें।

मुख़्तसर ये कि सब कुछ मिल-जुल कर मुशायरा लूटने में मदद देता था। एक नुमाइश के मुशायरे में तो तमग़ा तक दिया गया था। अख़बारों में तस्वीरें छापी गईं। रिसालों के एडिटरों ने बड़ी मिन्नत के ख़ुतूत लिखे कि मैं अपना ताज़ा कलाम भेजूँ। बे-शुमार रिसाले और अख़बार मुफ़्त आने लगे और उनमें मेरा कलाम बड़े इम्तियाज़ के साथ छपने लगा। बड़े-बड़े सालाना नम्बरों में सिर्फ़ मेरी ग़ज़ल को जली हुरूफ़ में और ख़ुशनुमा हाशिया के अन्दर एक पूरे सफ़्हे में छापा गया। मुख़्तसर ये कि आपकी दुआ से शोहरत और मक़बूलियत की कोई कमी न रही। यहाँ तक कि कुछ ही दिनों के बाद मश्क़[10] इस क़दर बढ़ गई और कलाम में कुछ ख़ुदा के फ़ज़्ल से ऐसी पुख़्तगी पैदा हो गई कि बहुत से नौजवान अपनी-अपनी ग़ज़लें इस्लाह के लिए लाने लगे और अब ज़रूरत इसकी पेश आई कि ज़रा इस फ़न का मुताला भी कर लिया जाए कि ये फ़ाइलातुन फ़ाइलात आख़िर क्या बला होती है।

ये सच है कि पैदाइशी और फ़ितरी शायरों के लिए इन चीज़ों की ज़रूरत नहीं हुआ करती। मगर शागिर्दों के समझाने और उस्ताद बनने के लिए मालूमात हासिल होना ज़रूरी होता है। ब-हरहाल इस सिलसिले में जितनी किताबें देखीं उतनी ही तबीअत उलझी कि ये है क्या ख़ुराफ़ात। आख़िर एक किताबों का सेट मिल गया। शायरी की पहली किताब, दूसरी किताब, तीसरी किताब। इन किताबों को सिलसिलेवार पढ़ने से ख़ुद तो कुछ समझ में न आया। मगर दूसरों को समझाने का मवाद

ज़रूर मिल गया और अब शागिर्दों की ग़ज़लों पर इस्लाह का सिलसिला शुरू हो गया। उन शागिर्दों का मुशायरों में चमकना था कि शागिर्दों की तादाद दिन दूनी रात चौगुनी तरक़्क़ी करने लगी। यहाँ तक कि आलम ये हो गया कि हर मुशायरे के दिन दर्जनों शागिर्द हलक़ा बाँधी बैठे हैं। और मैं उनकी ग़ज़ल लिखवा रहा हूँ कि ये मतला तुम लिख लो और ये शेर तुम लिख लो। शागिर्दों से और कोई फ़ायदा हो या न हो, मगर इतना ज़रूर होता है कि ख़ुद अपने को अव्वल तो असातिज़ा की सफ़ में जगह मिलती है। दूसरे उस्ताद की ग़ज़ल पर ये शागिर्द दाद का वो शोर मचाते हैं कि मुशायरा ही सर पर उठा लेते हैं और अगर कभी कोई बद-ख़्वाह ऐतराज़ कर बैठे तो यही शागिर्द मरने मारने पर तैयार हो जाते हैं। गोया उस्ताद की अच्छी ख़ासी ताक़त होते हैं ये शागिर्द।

घर में अल्लाह के फ़ज़्ल-ओ-करम से खाने पीने की कोई कमी न थी। वसीक़ा[11] बँधा हुआ था और बाप-दादा भी इतना छोड़ गए थे कि चार को खिला कर खा सकें। लिहाज़ा फ़िक्र-ए-मआश[12] का तो कोई ज़िक्र ही नहीं। ले दे के बस फ़िक्र-ए-सुख़न[13] ही थी, शागिर्दों को भी कभी किसी ख़िदमत का कोई मौक़ा न दिया, बल्कि उन ही की जो ख़िदमत हो सकी की। यानी मुफ़्त की ग़ज़लों के अलावा अक्सर मुफ़्त की रोटियाँ भी मिल जाती थीं। अगर कभी कोई शागिर्द रसावल या अचार या अपने गाँव से गुड़ वग़ैरा भी ले आया तो यही फ़िक्र रहती थी कि उसका बदला क्योंकर उतारा जाए। एक मर्तबा एक तम्बोली शागिर्द ने पानों की ढोली की क़ीमत लेने से इंकार कर दिया। नतीजा ये कि अगले मुशायरे में न सिर्फ़ ये

कि निहायत ज़ोरदार ग़ज़ल कह कर उनको दी बल्कि उनका रेल टिकट भी ख़ुद ही ख़रीदा, अर्ज़ तो किया कि इस शायरी को तिजारत या रोज़गार की सूरत तो कभी दी ही नहीं और न इसकी ज़रूरत पेश आई कभी।

इन ही हालात में ज़िन्दगी बड़े मज़े में बसर हो रही थी कि एक दम से वो इन्क़लाब आ गया जिसने सारी दुनिया ज़ेर-ओ-ज़बर[14] करके रख दी। अपना सब कुछ छोड़कर इस तरफ़ आ जाना पड़ा। घर गया, गृहस्थी गई, वसीक़ा गया। मुख़्तसर ये कि आप "वाहिद हाज़िर" रह गए और बाक़ी सब कुछ "जमा ग़ायब" और तो और खाने पीने के लाले पड़ गए। दो-दो रोटियों का सहारा तक न रहा। दिल में कहा, जान है तो जहान है।

हो रहेगा कुछ न कुछ घबराएँ क्या

मगर आख़िर कब तक न घबराते। परदेस में न कोई जान न पहचान। एक नफ़्सा-नफ़्सी[15] का आलम। सबको अपनी-अपनी पड़ी है। मुहाजिरीन में कुछ जानी-पहचानी शक्लें भी नज़र आईं मगर सबको अपनी-अपनी फ़िक्र, और यहाँ ये आलम कि रोज़ ब-रोज़ हालत पतली होती जा रही है। सर छुपाने को तो ख़ैर एक आग लगी हुई इमारत के दो पस-मान्दा कमरे मिल गए। मगर पेट की आग बुझाने की सबील नज़र न आती थी। आख़िर ख़ानदानी वज़ा[16] के ख़िलाफ़ रोज़गार की तलाश में निकलना पड़ा। याद आया कि इसी शहर से एक रिसाला बड़े आब-ओ-ताब[17] से निकला करता था, जिसके एक सालनामे में अंगूर की एक ख़ुशनुमा बेल के हाशिया के

अन्दर अपनी एक ग़ज़ल छपी थी और एडिटर साहब ने उस पर एक नोट भी दिया था कि ये हमारी ख़ुश-क़िस्मती है कि लिसानुल-ज़मन[18] हज़रत क़ैस सोण्डवी ने अपने रशहात[19] से हमारे साल-नामा को नवाज़ा है, उम्मीद है कि हज़रत-ए-क़ैस आइन्दा भी हमको इस फ़ख़्र का मौक़ा अता फ़रमाते रहेंगे। चुनांचे उसी रिसाले के दफ़्तर का रुख़ किया और पूछते-गछते आख़िर उस रिसाले के दफ़्तर पहुँच ही गए। एडिटर साहब से अपना तआरुफ़ कराया और वो हस्ब-ए-तवक़्क़ो[20] दौड़े लेमोनेड की बोतल लेकर सिगरेट की डिबिया खोल कर रख दी। दियासलाई ख़ुद जलाई और देर तक हमारी हिजरत पर मुसर्रत का इज़हार करते रहे कि साहब बहुत अच्छा हुआ जो आप तशरीफ़ ले आए। थोड़ी देर के बाद मौक़ा देख कर और उनको बेहद ख़लीक़ पाकर अर्ज़ किया,

"भाई जान आ तो गया हूँ मगर वाज़ेह रहे कि सब कुछ छोड़ कर आया हूँ और ख़ानदानी वज़ा के ख़िलाफ़ अब इस पर भी आमादा हूँ कि कहीं मुलाज़मत इख़्तियार करूँ।"

वो निहायत इत्मीनान से बोले, "मुलाज़मत ब-हरहाल, अब तो आप आए हैं कुछ-न-कुछ हो ही जाएगा। आपके जैसे क़ाबिल आदमियों के लिए मुलाज़मत की कहाँ कमी हो सकती है। ब-हरहाल आपने ये फ़ैसला तो कर ही लिया होगा कि आप किस शोबा में मुलाज़मत इख़्तियार करना पसन्द करेंगे।"

अर्ज़ किया, "भाई, अपना शोबा तो ज़ाहिर है कि ज़िन्दगी भर सिवाए अदबी ख़िदमत के और कोई काम ही नहीं किया।

फ़र्क़ सिर्फ़ ये है कि अब तक अदबी ख़िदमत को ज़रिया-ए-आमदनी बनाने का ख़याल भी न आया था मगर अब हालात ने मजबूर कर दिया है।"

वो बोले, "ये तो दुरुस्त है मगर अदबी सिलसिले में मुलाज़मत का क्या सवाल हो सकता है। आपके ख़याल में कौन सा महकमा है ऐसा जो आपके जैसे अदीबों के लिए जगह निकाल सकेगा। कम से कम मेरी समझ में तो नहीं आ रहा है।"

अर्ज़ किया, "आप महकमों पर न डालिए। मेरे लिए तो इतना ही काफ़ी है कि मसलन आपका इदारा है। इसी में कोई ख़िदमत मेरे सपुर्द कर दी जाए।"

एडिटर साहब ने दम-बख़ुद हो जाने के बाद फ़रमाया, "क़िबला, बात अस्ल में ये है कि ज़रूरत तो मुझको भी है, अपने यहाँ चन्द लोगों की, मगर माफ़ कीजिएगा। मैंने आज तक सिवाए ग़ज़लों के और कोई चीज़ आपकी नहीं देखी है।"

अर्ज़ किया, "और क्या चीज़ आप देखना चाहते हैं। शजरा मौजूद है, वो मैं दिखा सकता हूँ। ख़ुद मुझको आप देख ही रहे हैं और कोई चीज़ से मतलब क्या है। जनाब ज़रा वज़ाहत फ़रमाएँ तो कुछ अर्ज़ करूँ।"

वो बोले, "मेरा मतलब ये है कि नस्र ग़ालिबन आपने कभी नहीं लिखी, न आपका कभी कोई अफ़साना पढ़ा है। न कोई तन्क़ीदी मज़मून देखा है, न कोई तहक़ीक़ी मक़ाला।"

अर्ज़ किया, "जनाब-ए-वाला, ये आपने दुरुस्त फ़रमाया

और ये वाक़िआ भी है अब तक इस क़िस्म की कोई चीज़ लिखने का इत्तफ़ाक़ नहीं हुआ है।"

उनको बहाना मिल गया। आँखें घुमाकर बोले, "अब आप ख़ुद ग़ौर फ़रमाइए कि किसी अदबी रिसाले के इदारा-ए-तहरीर में आपको क्योंकर शामिल किया जा सकता है। आपकी शायराना सलाहियत मुसल्लम है मगर उसकी हमको ज़रूरत नहीं।"

ऐसे कोर-जौक़[21] से कुछ और कहना ही बेकार था। इधर-उधर की गुफ़्तगू करके चले आए और तय कर लिया कि अब इधर का रुख़ भी न करेंगे। मगर इधर का न सही किसी और तरफ़ का रुख़ तो करना ही था वरना यहाँ तो फ़ाक़ों[22] की नौबत भी दूर न थी। काफ़ी दिमाग़-सोज़ी[23] के बाद एक तरकीब ज़ेहन में आई कि अगर कोई पब्लिशर दीवान छापने पर तैयार हो जाए तो क्या मुज़ाइक़ा[24] है। कुछ न कुछ हक़-ए-तसनीफ़[25] भी मिल जाएगा। दूसरे इस परदेस में अपने तआरुफ़ का एक ज़रिया इस दीवान की सूरत में निकल आएगा। बिल्कुल इल्हामी[26] तौर पर दीवान का नाम ज़ेहन पर नाज़िल हुआ। "लैला-ए-सुख़न" क़ैस की मुनासिबत से इससे बेहतर नाम और क्या हो सकता था। दूसरे ही दिन यहाँ के एक-आध पब्लिशर्ज़ से मिलने के लिए रवाना हो गए। शहर के सबसे बड़े पब्लिशर का नाम और पता पहले ही पूछ रखा था। उनकी दुकान पर पहुँच कर उनसे शरफ़-ए-नियाज़[27] हासिल किया और आख़िर अपना तआरुफ़ ख़ुद कराया।

"नाम से तो आप वाक़िफ़ ही होंगे। इस ख़ाकसार को क़ैस

सोण्डवी कहते हैं।"

वो हज़रत भी अजीब चीज़ निकले। कहने लगे, "फिर।"

ग़ुस्सा तो बहुत आया इस "फिर" पर मगर क्या करते वक़्त आ पड़ा था। लिहाज़ा अपने आपको सँभाल कर कहा, "मैंने आपके हाँ की मतबूआ[28] अक्सर किताबें देखी हैं और इस नतीजे पर पहुँचा हूँ कि तबाअत[29] का जो सलीक़ा आपको हासिल है वो किसी और पब्लिशर के हिस्से में नहीं आया है और मैंने तय कर लिया है कि मैं अपना दीवान अगर किसी को दे सकता हूँ तो वो सिर्फ़ आपको। क्या नाम है उस किताब का जो अभी आपने शाए की है।"

वो डकारते हुए बोले, "कलीद-ए-मुर्ग़ीख़ाना।"

अर्ज़ किया, "जी हाँ, कलीद-ए-मुर्ग़ीख़ाना। क्या कहना है इस किताब का। किताबत है तो सुब्हान-अल्लाह। तबाअत है तो माशा अल्लाह। फिर तरतीब और सजावट। दुल्हन बनाकर रख दिया है आपने किताब को। मैंने अपने दीवान का नाम तज्वीज़ किया है, लैला-ए-सुख़न, जिसका तख़ल्लुस क़ैस हुआ उसके दीवान का कितना मुनासिब नाम है ये।"

उन्होंने बराह-ए-रास्त[30] सवाल किया, "तो आप छपवाना चाहते हैं अपना दीवान।"

अर्ज़ किया, "जी हाँ इरादा तो कुछ ऐसा ही है। मैंने अपने चार दवावीन में से इन्तिख़ाब[31] करके एक दीवान मुरत्तब किया है। गोया अपनी कायनात-ए-शेरी का जौहर निचोड़ लिया है और ये तय हुआ है कि छपवाऊँगा आप ही के ज़रिए।"

उन्होंने कहा, "अच्छा तो हम छाप देंगे। बेहतर से बेहतर लिखाई छपाई होगी। काग़ज़ वही होगा जो कलीद-ए-मुर्ग़ीख़ाना का है। हम आपको अभी हिसाब लगाकर बताए देते हैं कि आपको क्या ख़र्च करना पड़ेगा।"

हमने चौंक कर कहा, "हमको क्या ख़र्च करना पड़ेगा। ग़ालिबन[32] आप मेरा मतलब नहीं समझे।"

वो हमसे ज़्यादा मुतहय्यर[33] हो कर बोले, "तो क्या मतलब है आपका?"

साफ़-साफ़ अर्ज़ किया, "मतलब ये है कि आप ले लीजिए दीवान और छापिए, हक़-ए-तसनीफ़ तय हो जाए। जो मुनासिब समझिए दे दीजिए।"

उन्होंने एक क़हक़हा लगाया, गोया ये कोई बहुत दिलचस्प लतीफ़ा सुना था और अजीब तमस्ख़ुर से बोले, "आप गोया ये चाहते हैं कि हम आपका दीवान आपसे ख़रीद कर ख़ुद बेचने के लिए छापें। आजकल भला कौन किसी का दीवान छापता है। किसके पैसे फ़ालतू हैं कि वो दीमक की ज़ियाफ़त[34] के लिए दीवान छाप कर अपने यहाँ ढेर कर ले। पैसा भी ज़ाया[35] करे वक़्त भी बर्बाद करे। मेहनत भी ख़्वाह-म-ख़्वाह की और जगह भी घेरी जाए।"

एक-आध शायर के कलाम के मजमूओं का हवाला दिया जो हाल ही में शाए हुए थे और अर्ज़ किया, "आख़िर ये मजमूए और ये दीवान भी तो छपे हैं।"

ज़ानू[36] पर हाथ मार कर बोले, "ओहो, आप समझे नहीं।

जिन शायरों का आपने नाम लिया है, उनकी तो इस वक़्त माँग है। उनके मजमूए तो अगर इस वक़्त हमको भी मिल जाएँ तो हम भी सब कुछ छोड़-छाड़ कर छाप दें मगर यहाँ ज़िक्र है आपका।"

अब तो क़ाबू में रहना मुश्किल था। ज़रा तल्ख़ी से अर्ज़ किया, "क्या मतलब आपका? अगर आप मेरे नाम से वाक़िफ़ नहीं हैं और मेरे शायराना मर्तबा को नहीं जानते तो इसमें मेरा तो कोई क़ुसूर नहीं। ये तो आप ही की कोताही है। वरना आपको मालूम होना चाहिए कि मैं एक ख़ास मुक़ाम रखता हूँ, इस दौर के शोरा में।"

वो साहब अजीब बेहूदगी से मुस्कुराकर बोले, "अजी ये तो सब ही शायर कहते हैं। ख़ैर, इससे क्या मतलब हम मुआफ़ी चाहते हैं कि हम आपका दीवान नहीं छाप सकते।"

हमने उठते हुए कहा, "कलाम तो ख़ैर मैं ख़ुद आपको छापने के लिए अब नहीं दे सकता मगर किताबों की तिजारत करने आप बैठे हैं तो ज़रा अहल-ए-इल्म[37] से बात करने का सलीक़ा भी पैदा कीजिए।"

वो हज़रत भी पहलू बदल कर बोले, "अहल-ए-इल्म जब कोई आता है तो हमारी गुफ़्तगू भी दूसरी क़िस्म की होती है।"

और हमने उस बदतमीज़ी का जवाब देना अपनी शान के ख़िलाफ़ समझा। दिल ही दिल में खौलते हुए उस दुकान से बाहर आ गए, मगर अभी चन्द ही क़दम आगे बढ़े होंगे कि चौधरी साहब से मुलाक़ात हो गई। ये चौधरी साहब बड़े असर-ओ-रुसूख़ के लोगों में से हैं और मेरे कलाम के

दिलदादा[38] हैं, बल्कि नुमाइश के मुशायरे में सद्र यही थे और उन ही की तरफ़ से मेरे लिए तमग़े का ऐलान हुआ था। हमेशा झूम-झूम कर मेरी ग़ज़लें सुना करते थे और उछल-उछल कर दाद दिया करते थे। आज भी दूर ही से देखकर पहचान गए और एक नारा बुलन्द किया।

"अख़ाह क़ैस साहब हैं। अरे भई आप कहाँ, भई ख़ूब मुलाक़ात हुई, कब आए?"

अर्ज़ किया, "आए हुए तो दो महीना से ज़्यादा हो चुके हैं।"

हैरत से बोले, "दो महीना से ज़्यादा हो गए और कहीं नज़र भी न आए। मैं तो अक्सर मुशायरों में गया मगर आपको न देखा।"

अर्ज़ किया, "जनाब-ए-वाला, अब शेर की फ़िक्र से ज़्यादा पेट की फ़िक्र है। वो फ़ारिग़-उल-बाली[39] के ज़माने गए। अब तो सबसे मुक़द्दम है रोज़ी का मिलना। मगर अब आप मिल गए हैं तो सब ही कुछ हो जाएगा।"

और ये कह कर अपनी तमाम दास्तान सुना दी कि किस बे-सर-ओ-सामानी[40] की हालत में यहाँ तक पहुँचे हैं और अगर जल्द ही मुलाज़मत का कोई सिलसिला न हुआ तो क्या वक़्त आने वाला है हम पर। बड़ी हमदर्दी और ग़ौर से तमाम हालात सुनते रहे और सब कुछ सुनने के बाद फ़रमाया, "अरे भई घबराने की क्या बात है। मुलाज़मत आप को नहीं तो और किस को मिलेगी। मैं ज़िम्मा लेता हूँ इस बात का।"

मुँह-माँगी मुराद मिल गई। जी चाहा कि उस शरीफ़ इंसान के क़दमों पर गिर कर जान दे दें। मगर वफ़ूर-ए-जज़्बात[41] में क़दमों के बजाए उनके हाथ अपने हाथ में लेकर दबाते हुए अर्ज़ किया, "मेरा दिल ख़ुद गवाही दे रहा है कि आप मिल गए हैं तो अब मेरी मुश्किलात का ख़ात्मा ही समझना चाहिए।"

कहने लगे, "ख़ैर ये तो आपकी बन्दा नवाज़ी है। अच्छा क़िबला ये तो फ़रमाइए कि अंग्रेज़ी तालीम कहाँ तक है?"

ऐसे ज़हीन आदमी से इस मुहमल[42] सवाल की उम्मीद न हो सकती थी। ज़ाहिर है कि उन हज़रत ने हमारा अंग्रेज़ी नहीं बल्कि उर्दू का कलाम सुना था। कभी अंग्रेज़ी में बात करते भी न सुना होगा। अलबत्ता कभी-कभी सूट पहने ज़रूर देखा होगा और मुम्किन है कि ये ग़लत-फ़हमी इसी वज्ह से पैदा हो गई हो। लिहाज़ा हमने इस ग़लत-फ़हमी को दूर करने के लिए अर्ज़ किया, "भाई जान, अंग्रेज़ी से क्या वास्ता, आप तो जानते होंगे ज़िन्दगी गुज़री है उर्दू की ख़िदमत में।"

वो बोले, "ताहम कम से कम आप मैट्रिक तो होंगे।"

अर्ज़ किया, "अजी न मैट्रिक न इलेक्ट्रिक। बचपन ही से इस शायरी का ऐसा शौक़ हुआ कि लिखना-पढ़ना छोड़-छाड़ बस इसी के हो रहे।"

वो कुछ समझ से गए, "ओह, तो गोया आप अंग्रेज़ी जानते ही नहीं। ये तो बड़ी मुश्किल पैदा कर दी आपने। अब ज़ाहिर है कि आपको कोई बा-क़ायदा मुलाज़मत तो मिल ही नहीं सकती। मगर ख़ैर, आप ये कीजिए कि फ़िलहाल तो मेरी

एक छोटी सी दुकान है उसके हिसाब-किताब की निगरानी फ़रमाइए बैठ कर। इस अर्से में अगर कोई बेहतर जगह मिल गई तो चले जाइएगा। वरना मैं ही कुछ न कुछ पेश करता रहूँगा।"

ख़ुदा का हज़ार-हज़ार शुक्र-ओ-एहसान है कि उसने कोई सबील[43] ब-हर-सूरत पैदा ही कर दी। सच कहा है किसी ने वो भूखा उठाता है मगर भूखा सुलाता नहीं है। लीजिए अब हम एक बा-रौनक[44] बाज़ार में मोज़े, बनियान, रूमाल, तेल, कंघा, आइना बेचने एक दुकान पर बैठ गए। सुब्ह आठ बजे जाकर दुकान खोलना, झाड़ू देना। दिन भर ग्राहकों का ख़ैर-मक़दम[45] करना, रूमाल बेचना और रात के नौ बजे दुकान बन्द कर देना। एक काम तो ये था और दूसरा काम ये कि दिन भर की बिक्री रजिस्टर पर लिख कर शाम को मीज़ान[46] निकाल लिया करते थे मगर ये दूसरा काम इस क़दर नामाक़ूल साबित हुआ कि कभी-कभी तो ज़िन्दगी से आजिज़[47] आ जाते थे, कभी तो कैश बुक में हैं दो सौ बासठ रुपऐ तेरह आने नौ पाई और खाता में मीज़ान कुल है दो सौ तीस रुपऐ तेराह आने नौ पाई और कुछ समझ में न आता था कि ये कौन साहब बत्तीस रुपऐ चुपके से कैश बक्स में डाल गए हैं। दुकान के दूसरे मुलाज़िम से पूछ रहे हैं कि भाई तुम ही कुछ याद करो। आख़िर वो इसी राय पर अड़ जाता कि "जब आप अपने दोस्त को ग़ज़ल सुना रहे थे उस वक़्त जितने गाहक आए सबसे दाम लेकर कैश बक्स में तो आपने डाल लिए मगर खाता पर चढ़ाए नहीं।" लीजिए अब खाते के फ़र्ज़ी इन्दराज हो रहे हैं। मगर जिस दिन ये होता कि कैश बक्स में से निकलते हैं तीन

सौ चौदह रुपऐ और खाता दिखा रहा है तीन सौ चौवन रुपऐ तो उस रोज़ तो हाथों के तोते ही उड़ कर रह जाते कि अब ये चालीस रुपऐ की कमी कहाँ से पूरी हो। दुकान के दूसरे मुलाज़िम ने याद करते हुए कहा,

"मैं समझ गया क़ैस साहब। चालीस रुपऐ का वो थर्मोस बेचा था और थर्मोस लेकर वो साहब बैठ गए थे आपकी ग़ज़ल सुनने। दूसरों के साथ बड़ी देर तक वाह-वाह करते रहे और फिर एक दम ग़ायब हो गए। देखिए थर्मोस के दाम लिखे हैं।"

खाते में थर्मोस के दाम चालीस रुपऐ मौजूद और अब हमको भी याद आ गया कि हमने दाम तो लिख लिए थे मगर वो बैठ गए थे कलाम सुनने और बड़े सुख़न-फ़हम मालूम हो रहे थे। लिहाज़ा यही ख़याल था कि जाते वक़्त दे देंगे दाम मगर वो चुपके से निकल गए। ब-मुश्किल तमाम दूसरे मुलाज़िम से मिल मिलाकर और उसको भी इसी का एक मौक़ा देने का वादा करके खाते के उस इन्दराज को मिटाया गया और जान बची। कान पकड़ कर तौबा की कि आइन्दा दुकान पर शेर-ओ-शायरी का शग़ल हरगिज़ न होगा और सिवाए दुकानदारी के दुकान पर बैठ कर और कुछ न करेंगे, मगर जिसने भी कहा है सच कहा है कि,

वही होता जो मंज़ूर-ए-ख़ुदा होता है

देखते क्या हैं कि कैफ़, सैफ़, हैफ़, नूर, तूर, नुशूर सब के सब टोली बनाए हुए चले आ रहे हैं और एक दम से आकर हमलावर हो गए। अब कैसे न बिठाते उनको और जब बैठ

कर उनसे ये मालूम हुआ कि मुशायरे से उठ कर वो लोग आ रहे हैं तो कैसे न उनसे फ़रमाइश हो मुशायरे की ग़ज़लें सुनाने की। और जब वो ग़ज़लें सुना दें तो कहाँ का है ये अख़्लाक़ कि ख़ुद अपनी इसी तरह की ग़ज़ल न सुनाई जाए उनको। बस इतनी सी बात से मुशायरे की सी कैफ़ियत पैदा हो कर रह जाती है। आप जानते हैं कि राह-गीर[48] भी अक्सर सुख़न-फ़हम होते हैं। अगर वो कलाम सुनने को ठहर जाएँ तो कौन उनसे कह सकता है कि आप चलते-फिरते नज़र आएँ। रह गए गाहक उनकी बला से मुशायरा हो या कुछ वो तो सनलाइट सोप लेने उस वक़्त भी आएँगे। उनको तो अपने नौ-ज़ाइदा[49] बच्चे के लिए चौसट्टी और बेबी पाउडर उस वक़्त भी दरकार होगा। चुनांचे ये बिल्कुल इत्तेफ़ाक़ की बात है कि जिस वक़्त का हम ज़िक्र कर रहे हैं। शोरा-ए-कराम के अलावा सामईन[50] भी कुछ ज़्यादा ही जमा हो गए थे। इसलिए कि बर्क़ अपनी ग़ज़ल पढ़ रहे थे और उनकी आवाज़ को सुनकर राह-गीर क्या मानी परिन्दे तक हवा में मुअल्लक़[51] हो के रह जाते हैं। दरिया अपनी रवानी छोड़ देता है और कुछ अजीब बात है कि उसी वक़्त गाहक भी कुछ ज़रूरत से ज़्यादा आ गए थे। मुख़्तसर ये कि मिला-जुला मजमा ज़रूरत से कुछ ज़्यादा ही था और सड़क थोड़ी बहुत रुक गई थी। यानी इधर और उधर दोनों तरफ़ मोटर खड़े हॉर्न दे रहे थे कि नागाह चौधरी साहब भी उसी वक़्त आ मौजूद हुए।

कुछ परेशान, कुछ बद-हवास, चेहरे का रंग उड़ा हुआ था। ग़ालिबन वो समझे होंगे इस इन्तिज़ाम को देख कर कि कोई बलवा हो गया है या दुकान में आग लग गई है। मगर

यहाँ पर कुछ ऑल पाकिस्तान मुशायरे का रंग देखकर उनकी जान में जान आई। सर पकड़ कर एक तरफ़ ख़ामोश बैठ गए। यहाँ तक कि जब हमने ग़ज़ल पढ़ी तो भी हमारे कलाम पर उछल-उछल पड़ने वाले चौधरी साहब सर पकड़े ही बैठे रहे। यहाँ तक कि आने वाले रुख़्सत हो गए, मजमा छट गया। सड़क खुल गई और दुकान पर कोई न रहा तो चौधरी साहब ने निहायत ख़ामोशी से उठकर कहा, "क़ैस साहब आज कौन सी तारीख़ है।"

अर्ज़ किया, "पन्द्रह।"

उन्होंने कहा, "मैं ब-सद अदब आधे महीना की ये तनख़्वाह पेश कर रहा हूँ और आधे महीना की मज़ीद तनख़्वाह अपनी तरफ़ से हदिया के तौर पर पेश कर रहा हूँ। उम्मीद है आप मुझको माफ़ फ़रमाएँगे।"

अर्ज़ किया, "बात क्या है आख़िर?"

कहने लगे, "मैं शर्मिंदा हूँगा इस सिलसिले में बात करते हुए। सिर्फ़ इसी क़दर अर्ज़ है कि मेरी दुकानदारी तो ख़त्म हो कर ही रह जाएगी। अगर आप कुछ और दिन यहाँ रहे, इस अर्सा में जो नुक़्सानात हो चुके हैं उन से मैं बे-ख़बर नहीं हूँ।"

लाख उनसे तफ़्सीली गुफ़्तगु करना चाही मगर वो बस हाथ ही जोड़ते रहे और अपनी दुकान से रुख़्सत कर दिया। मगर अब अपने शायर अहबाब के मशवरे से हमने एक साइनबोर्ड अपने मकान पर ही टाँग लिया है,

"इदारा इस्लाह-ए-सुख़न"

यहाँ कलाम में इस्लाह भी दी जाती है।

और दूसरे के लिए बेहतर से बेहतर कलाम भी हस्ब-ए-फ़रमाइश तैयार किया जाता है।

सुब्ह से शाम इस साइनबोर्ड के ज़ेर-ए-साया बैठे रहते हैं। आज पन्द्रह रोज़ हो चुके हैं मगर अब तक सिर्फ़ दो गाहक आए हैं। एक साहब की बीवी रूठ कर मैके चली गई हैं और वो चाहते हैं कि ऐसे फड़कते हुए शेर उनको लिखे जाएँ कि बीवी तड़प कर वापस आ जाए। शेर उनको कह कर दे दिए हैं। आठ आने वो दे गए हैं और आठ आने बीवी के आ जाने पर देंगे।

दूसरे साहब इसलिए तशरीफ़ लाए थे कि वो वाक़े हुए हैं क़व्वाल। उनके एक हरीफ़ क़व्वाल ने किसी पिछली महफ़िल में एक चीज़ गाकर महफ़िल को लूट लिया है। अब वो चाहते हैं कि उसी क़िस्म की उससे ज़बर चीज़ कह दी जाए। वादा हुआ एक रुपए का और अगर वो चल गई तो जैसी आमदनी महफ़िल में होगी वैसी ही वो हमारी ख़िदमत भी करेंगे। ये चीज़ हम तैयार कर रहे हैं।

इन दो ग्राहकों के अलावा अब तक और कोई नहीं आया। हाँ, मैं भूला, एक साहबज़ादे भी शर्मिन्दा करने आए थे और पूछ रहे थे कि वो जो हमको उस्ताद कह देंगे तो हम उनको इस कस्त्र-ए-नफ़्सी[52] का क्या मुआवज़ा देंगे। ये है इस दौर में आपकी शायरी का हाल और इस हाल में हैं आपके वो शायर जो आपके अदब को माला-माल कर रहे हैं।

* * *

1. अपनी प्रशंसा आप करना 2. प्रशंसा के जवाब में अपनी सागदी व्यक्त करने के लिए बोला जोन वाला शब्द 3. जंगल 4. भ्रमण 5. अभ्यस्त 6. व्यस्तता 7. सारांश ये है कि 8. अधूरा 9. दर्द 10. अभ्यास 11. सहमती-पत्र 12. रोज़गार की चिन्ता 13. शायरी की चिन्ता 14. उथल-पुथल 15. आपाधापी 16. तर्ज़ 17. धूम-धाम 18. ज़माने का तर्जुमान 19. क़लम की नोक से टपकने वाला क़तरा 20. उम्मीद के मुताबिक़ 21. बेस्वाद 22. भूख 23. दिमाग़ खपाना, माथा-पच्ची 24. हर्ज़ 25. मुआवज़ा, पारिश्रमिक 26. दैवी 27. मुलाक़ात 28. मुद्रित 29. छपाई 30. सीधा 31. चुनकर 32. शायद 33. आश्चर्य 34. दावत 35. नर्बाद 36. जंघा 37. पढ़े लिखे लोग 38. प्रशंसक 39. ख़ुशहाली 40. दीनता 41. जोश 42. व्यर्थ 43. उपाय 44. चहल-पहल 45. स्वागत 46. कुल योग 47. परेशान 48. मुसाफ़िर 49. नवजात 50. श्रोता 51. लटका होना 52. नम्रता

मौलाना

मैं दाढ़ी नहीं रखता। सर नहीं घुटाता[1]। शरई पाजामा नहीं पहनता। लम्बा कुर्ता और चौ-गोशिया[2] टोपी भी मेरे लिबास में शामिल नहीं है। मगर उसके बावजूद जज साहब के यहाँ मेरा नाम "मौलाना" पड़ गया है। ये नाम दर-अस्ल जज साहब की साहिबज़ादी "नुज़हत" ने मुझको अता फ़रमाया है और अब सब ही मुझको मौलाना कहते हैं। ख़ुद जज साहब, उनकी अहलिया[3] मुहतरमा, उनके भतीजे शफ़क़त साहब, उनके भांजे एजाज़ साहब और हद ये है कि उनके नौकर चाकर सब मौलाना कहने लगे हैं और मैं उनके घर में अच्छा ख़ासा लतीफ़ा बन कर रह गया हूँ। क़ुसूर सिर्फ़ ये हुआ कि उनके घर आ कर हसब-ए-आदत मैंने नमाज़ जो पढ़ी तो सारा घर मेरे गिर्द इस तरह जमा हो गया, गोया मैं कोई कर्तव्य दिखा रहा हूँ। सब से पहले मुझको नमाज़ पढ़ते हुए नुज़हत ने देखा। और वो एक दम चीख़ उठी, "गुड लॉर्ड नमाज़ा" और फिर उस ने भाग-भाग कर एक-एक को बुलाना शुरू कर

दिया। "शफ़क़त साहब! ज़रा इनको देखो। ये नमाज़ पढ़ते हैं!" और फिर सेहन में जा कर उस ने आवाज़ दी। "एजाज़! इधर आओ जल्दी से, अरे शहाब साहब नमाज़ पढ़ रहे हैं।"

उसकी चीख़-ओ-पुकार ने सारे घर को मेरे चारों तरफ़ जमा कर दिया और तो और ख़ुद जज साहब भी अपने दाँतों में पाइप दबाए हुए आ मौजूद हुए और नुज़हत ने उन से भी कहा "डैडी देखिए तो सही, ये तो मौलाना निकले। नमाज़ पढ़ रहे हैं।" और जज साहब की भारी भरकम बेगम साहिबा तशरीफ़ लाईं तो उनको भी ये तमाशा दिखाया गया। "मम्मी जल्दी देखिए इनको, नहीं तो पढ़ चुकेंगे नमाज़।"

मैंने सलाम फेरा तो सब हँस-हँस कर मुझ को देख रहे थे। जज साहब ने अपने मसनूई[4] दाँतों में पाइप को मज़बूत पकड़ कर कहा। "भई! तुम तो बड़े अल्लाह वाले निकले बेबी ने नाम अच्छा रखा है तुम्हारा मौलाना।"

बेगम साहिबा ने एक झटके के साथ हँस कर फ़रमाया। "बस मौलाना ठीक है मैं भी मौलाना ही कहूँगी।"

नुज़हत ने पूछा। "क्या आप रोज़ नमाज़ पढ़ते हैं"?

अर्ज़ किया। "रोज़ ही नहीं बल्कि हर रोज़ पाँच मर्तबा"

शफ़क़त अपनी टाई दुरुस्त करते हुए बोले। "पहले अरली टी की नमाज़। फिर लंच की। फिर आफ़्टर नून की नमाज़।"

मैंने घबरा कर कहा। "ये नाम न रखिए नमाज़ों के बल्कि जो नाम हैं वही रहने दीजिए। फ़जर, ज़ुहर, अस्त्र, मग़रिब और इशा।"

जज साहब ने फ़रमाया। "भई चाय यहीं मँगा लो। बैरा से कहो ट्रॉली में लगा कर चाय इसी तरफ़ ले आए।"

और इस हुक्म के थोड़ी ही देर बाद चाय की ट्रॉली इसी कमरे में रेंग आई। जो मुझ को दिया गया था। यहाँ अब तक मेरी नमाज़ पर तअज्जुब किया जा रहा था। सुब्ह जल्दी नमाज़ के लिए कोई कैसे उठा सकता है! ये नमाज़ पढ़ने वाले अगर कहीं लंज पर जाए तो क्या करेंगे? और सरकारी दफ़तरों में ये नमाज़ कैसे पढ़ते होंगे? सब से ज़्यादा हैरत थी अस्त्र और मग़रिब की नमाज़ों पर कि ये वक़्त तो सैर-ओ-तफ़रीह[5] का होता है। उस वक़्त नमाज़ कैसे हो सकती है? नुज़हत ने तअज्जुब से पूछा:

"आप कभी पिक्चर नहीं देखते मौलाना?"

मैंने कहा। देखता हूँ, मगर नमाज़ के वक़्त बचा कर मसलन या तो मिटनी शो देख लिया। वर्ना इशा की नमाज़ पढ़ने के बाद आख़िरी शो में चला गया।

जज साहब ने चाय की तरफ़ मुतवज्जो किया। "भई चाय भी तो दो मौलाना को"

एजाज़ साहब ने निहायत संजीदगी से कहा। "पहले पूछ तो लीजिए। मुम्किन है कि मकरूह[6] हो"

नुज़हत ने हँस कर कहा। "नहीं ख़ैर चाय तो मकरूह न होगी। मगर ये बिस्किट अलबत्ता अंग्रेज़ी चीज़ हैं और ये केक तो ख़ालिस काफ़िरों[7] की ग़िज़ा है।"

शफ़क़त ने कहा। वो कम-बख़्त बग़ैर वज़ू किए ये चीज़ें

बनाते हैं और जो अण्डे इस में मिलाए गए हैं। वो भी शायद ही ज़ब्ह[8] किए हों।"

जज साहब ने हँस कर फ़रमाया "बड़े शरीर हैं ये लड़के। भई! ये उनकी ख़ानदानी ख़ुसूसियत है। उनके बाप को भी मैंने नमाज़ पढ़ते देखा है। ख़ुद हमारे घर में मुझे अच्छी तरह याद है कि एक जा-नमाज़ थी।"

बेगम साहिबा ने कहा। ख़ैर अगले वक़्तों के लोग तो पढ़ा करते थे नमाज़। मैंने ख़ुद अब्बा जान को नमाज़ पढ़ते देखा था।

एजाज़ साहब ने कहा। "आँटी पढ़ने को तो अब भी बहुत से पढ़ते हैं। जुमा के दिन ज़रा जा कर देखिए कि मस्जिदें भर जाने के बाद सड़कों तक नमाज़ पढ़ने वालों की लाइनें नज़र आती हैं।

जज साहब ने पाइप में ताज़ा तम्बाकू भरते हुए फ़रमाया "मुझे मौलाना तुम्हारी नमाज़ से ज़्यादा इस बात पर तअज्जुब है कि तुम एम.एस.सी. कैसे हुए?"

नुज़हत ने कहा। "क्या वाक़ई आप एम.एस.सी. हैं मौलाना? नज़र तो नहीं आते।"

मैंने उनकी गुफ़्तुगू से पूरा लुत्फ़ लेते हुए कहा। "हालाँकि नज़र आना चाहिए था। ख़्वाह न भी होता।"

जज साहब ने क़हक़हा लगा कर कहा। "अच्छी बात कही। वेल सेड। आदमी ख़ुश मज़ाक़[9] हो। मैंने तुम को बहुत ही छोटा देखा था और उस वक़्त की सूरत भी याद नहीं। इसलिए कि ग़ौर से नहीं देखा था। फिर मैं विलायत चला गया

और उसके बाद मुलाज़िमत[10] के चक्कर में इधर-उधर रहा। वैसे रिश्तेदारी तो बहुत ही क़रीब की है। तुम्हारे वालिद मेरे चचा के बेटे गोया भाई हुए और इस रिश्ते से तुम क्या हुए? भतीजे ही तो हुए ना"?

बेगम साहिबा ने कहा। "तौबा है। ये रिश्तेदारी के चक्कर भी अजीब होते हैं। मेरी समझ में तो आए नहीं कभी ये रिश्ते।"

जज साहब ने कहा "नहीं, ख़ैर ये रिश्ता तो इतना पेचीदा नहीं है। अलबत्ता उनकी माँ की तरफ़ से जो रिश्ता है। वो है कुछ गड़बड़। यानी वो मेरे मामूँ के ख़ाला-ज़ाद भाई। हालाँकि वो भी एक क़िस्म के मामूँ ही हुए। बहरहाल उनकी बेटी हैं तो मैं इस रिश्ते को समझने से क़ासिर[11] हूँ। मौलाना तुम सिग्रेट पीते हो?"

शफ़क़त ने कहा। "ला हौल वला क़ुव्वत। भला सिग्रेट और हज़रत मौलाना साहिब क़िब्ला!"

बेगम साहिबा ने कहा। "तुम इस बेचारे के पीछे ही पड़ गए। नमाज़ पढ़ना कोई इतना बड़ा अजीब तो नहीं है।"

नुज़हत ने कहा। डैडी आप को याद है कि वो ख़ानसामाँ[12] जो हर वक़्त बस नमाज़ ही पढ़ा करता था और आप ने उसको निकाल दिया था कि जा कर किसी मस्जिद में नौकरी कर लो। यहाँ तुम नमाज़ पढ़ने के लिए नौकर नहीं हो।"

जज साहब ने कहा। वो और बात थी। वो तो दर-अस्ल काम चोर था। सुब्ह देखिए तो नमाज़। दो-पहर को देखिए तो नमाज़। जब उसको आवाज़ दी जवाब मिला कि नमाज़

पढ़ रहा हूँ। फिर गन्दा बहुत था। मुझ को हमेशा डर रहता था कि कहीं उसकी दाढ़ी का बाल किसी खाने में न आ जाए।"

बेगम साहिबा बोलीं। "उसके तो माथे पर नमाज़ पढ़ते-पढ़ते काला सा निशान भी पड़ गया था।"

जज साहब फिर मेरी तरफ़ मुतवज्जो हुए। "हाँ तो मौलाना! फिर क्या है तुम्हारा प्रोग्राम? तुम्हारे वालिद ने तो यही लिखा था कि यहाँ किसी कॉलेज में प्रोफ़ेसरी मिल रही है तुम को। मैं अगर कुछ कर सकता हूँ तो मुझ को बताना।"

अर्ज़ किया। "जी नहीं। आप को ज़हमत देने की ग़ालिबन[13] ज़रूरत न होगी। तमाम मुआमलात तय हो चुके हैं। कल कॉलेज जा कर कॉलेज के ज़िम्मेदारों से मिल मिला लूँगा।"

नुज़हत ने कहा। "मगर आप कॉलेज में पढ़ाएँगे क्या? आप को तो नमाज़ों ही से फ़ुर्सत न मिलेगी।"

मैंने कहा। "जी नहीं। नमाज़ कभी फ़राइज़[14] में मुख़िल[15] नहीं होती। नमाज़ पढ़ने वाले अपने प्रोग्राम इसी हिसाब से मुरत्तब[16] कर लेते हैं।"

एजाज़ ने कहा। मगर मौलाना! ये क़यामत है कि आप नमाज़ी परहेज़-गार आदमी और दाढ़ी भी मूँडते हैं दुनिया-दारों की तरह!

मैंने ज़रा खुल कर बात की। "आप ने मेरे मुतअल्लिक़ बिल्कुल ग़लत अन्दाज़ किया है। मैं ख़ुद निहायत दुनियादार क़िस्म का आदमी हूँ। बस नमाज़ की कुछ आदत सी पड़ गई है। और चूँकि नमाज़ से मुझ को एक क़िस्म का सुकून हासिल

होता है कि और कुछ नहीं तो कम से कम यही एक फ़र्ज़ अदा हो रहा है। लिहाज़ा इस सुकून के लिए पढ़ता रहता हूँ नमाज़। नमाज़ के अलावा मैं ख़ुद उन फ़राइज़ से बेगाना हूँ जो एक मुसलमान पर मज़हबन आयद होते हैं।"

जज साहब ने फ़रमाया। "सब से बड़ा फ़र्ज़ है अपनी एक पोज़ीशन बना कर उस पर क़ायम रहना। ये सब कुछ दर-अस्ल मुख़्तलिफ़ क़िस्म की तर्बियतों[17] के नताइज[18] होते हैं। चूँकि तुम्हारे यहाँ नमाज़ के चर्चे थे। लिहाज़ा तुम पढ़ने लगे नमाज़। वर्ना मेरे नज़दीक सब से बड़ी इबादत यही है कि इंसान बुराइयों से बचता रहे।"

नुज़हत ने खड़े होते हुए कहा। "डैडी मेरा और शफ़क़त का आज बड़े दाँव का बैडमिन्टन मैच है। मैं तो चली। अगर आप को देखना हो तो कोर्ट पर आ जाइएगा।"

शफ़क़त बोला। "अंकल किन आँखों से देखेंगे तुम्हारा हारना?"

मैंने कहा साहब ये मैच तो मैं भी देखूँगा। नमाज़ पढ़ कर अभी हाज़िर हुआ।"

* * *

---

1. सर और गुद्दी के बाल उसतरे से मुंडवा देना 2. चार कोनों वाली 3. पत्नी 4. बनावटी 5. मनोरंजन 6. अपवित्र 7. नास्तिक का बहुवचन 8. गला काट कर प्राण लेना 9. विनोद-रसिक 10. नौकरी 11. असमर्थ 12. बावर्ची, रसोइया 13. शायद, संभवत: 14. धार्मिक कर्तब्य का बहुवचन 15. बाधा डालने वाला / वाली 16. क्रमबद्ध, संपादित 17. परवरिश का बहुवचन 18. परिणाम, अंजाम का बहुवचन

किराये का मकान

मुलाज़िमत तो गोया तय ही थी। रस्मी से इन्टरव्यू के बाद मुआमलात तय हो गए। मगर अब सबसे बड़ा सवाल ये था कि रहने को मकान कहाँ से लाएँ। यहाँ उन लोगों के पास मकान न था जो कई साल से मकान की उम्मीद में होटलों को आबाद किए हुए थे। ख़ुद हमारे कॉलेज के कई प्रोफ़ेसर होटल में रह रहे थे। एक साहब ज़बरदस्ती किसी मकान पर क़ब्ज़ा जमा बैठे थे। उन पर मुक़द्दमा चल रहा था और ऐसे तो बहुत से थे। जो कॉलेज का वक़्त ख़त्म होते ही महकमा आबादकारी[1] के दफ़्तर की हाज़िरी को अपने रोज़ाना के प्रोग्राम में शामिल किए हुए थे। मैंने जब कॉलेज के एक-आध दोस्त से मकान की ज़रूरत का इज़हार किया। तो ख़्वाह-म-ख़्वाह अपनी हँसी उड़वाई कि ज़रा आप को देखिए। अभी तशरीफ़ लाए हैं और अभी से मकान के हक़दार भी बन गए और साहब आप को भला मकान की क्या ज़रूरत है। जज साहब की इतनी शानदार कोठी में ठहरे हुए हैं और ये कुफ़्रान-ए-नेमत[2] मुलाहिज़ा हो कि फिर भी मकान ढूँढ रहे हैं।

अब किसी को हम क्या बताते कि जज साहब के यहाँ हमारी क्या हैसियत थी। वैसे इस में शक नहीं कि जज साहब के यहाँ मुझ को हर तरह का आराम था। वो ख़ुद उन की बेगम साहिबा! हद ये है कि नुज़हत भी मेरे आराम का पूरा ख़याल रखती थी। मगर वही मसल कि एक दिन मेहमान, दूसरे दिन बला-ए-जान, तीसरे दिन बे-ईमान। आख़िर मैंने एक दिन सब का मूड निहायत ख़ुश-गवार देख कर ये ज़िक्र छेड़ दिया।

"चचा मियाँ, मुलाज़िमत दिलवाने के सिलसिले में आप अपना असर-ओ-रूसूख़[3] इस्तेमाल करना चाहते थे। उसकी तो ख़ैर ज़रूरत पेश आई नहीं। मगर मकान दिलवाने की तकलीफ़ तो ग़ालिबन आप ही को देना पड़ेगी।"

जज साहब ने जले हुए पाइप की राख झाड़ कर ताज़ा तम्बाकू को भरते हुए कहा "मैं भी तुम्हारे वालिद को यही मशवरा देने वाला था कि क़स्बाती[4] जायदाद को बेच-बाच कर शहर में मकान ख़रीदें तो गोया तुम ने भी यही तय किया है।"

मैंने घबरा कर कहा। "जी ये मतलब नहीं मेरा। मकान ख़रीदने का इरादा नहीं है बल्कि किराया का मकान।"

बेगम साहिबा यानी चची जान ने बड़ी मासूमियत से पूछा। "किराया का मकान? वो क्या करोगे?"

मैंने कहा "उस में रहने का इरादा है।"

नुज़हत ने कहा। "तो क्या मौलाना आप के डैडी और आप की मम्मी भी यहाँ रहने के लिए पहुँचने वाली हैं।"

जज साहब ने नुज़हत को टोका डार्लिंग, इनके डैडी तुम्हारे

अंकल हुए ना। और इनकी मम्मी तुम्हारी आँटी हैं। तुम को अंकल और आँटी कहना चाहिए ना। हाँ तो मौलाना, क्या वाक़ई सब यहाँ आ रहे हैं"।

मैंने कहा। "जी नहीं। उनका तो इरादा नहीं है। मगर मुझे भी तो आख़िर रहना है।"

जज साहब ने बड़ी सादगी से कहा "वो तो ग़ालिबन तुम रह रहे हो। मेरा मतलब ये है कि यहाँ रह रहे होना।"

जज साहब से अब ज़रा खुल कर बात करना ही पड़ी। "जी हाँ! रह तो रहा हूँ। मगर आख़िर कब तक? रहना तो अब मुस्तक़िल ही पड़ा और ये यक़ीनन मेरी ज़्यादती होगी कि बस यहीं रह पड़ूँ।"

जज साहब ने पाइप मुँह से निकाल कर आँखें गोल करते हुए फ़रमाया:

मुस्तक़िल तौर पर न सिर्फ़ उनके घर रहूँ बल्कि उनके सर रहूँ। ये तो होने से रहा कि मैंने उन से ये दरख़्वास्त करता कि चलिए यही सही कि मैं यहाँ रहूँ। मगर आप मेरे खाने-पीने के अख़राजात[5] ही ले लिया कीजिए। और सिर्फ़ खाना-पीना क्या, यहाँ तो मेरे कपड़े उनके हिसाब में धुलते थे। उनका एक मुलाज़िम मुस्तक़िल तौर पर मेरे चार्ज में था। अख़बार चूँकि मैं भी पढ़ता हूँ। लिहाज़ा मेरी वज्ह से सुब्ह एक की जगह दो अख़्बार लिए जाते थे ताकि एक जज साहब के सिरहाने रख दिया जाए। दूसरा मेरे पास आ जाए। लाख चाहा कि कॉलेज जाने और कॉलेज से आने के लिए कोई ताँगा मुक़र्रर[6] कर लूँ। मगर जज साहब की गाड़ी गोया मेरे लिए मख़्सूस[7] हो चुकी

थी। और ख़ुद उनके इस्तेमाल में वो छोटी कार थी जो नुज़हत की थी। एक आध मर्तबा अर्ज़ भी किया कि अब ये तकल्लुफ़ छोड़ दीजिए और मुझ को मेरी औक़ात पर रहने दीजिए। मगर हमेशा डाँट खाना पड़ी। और अब पूछा जा रहा था कि हम को तुम्हारी वज्ह से क्या तकलीफ़ है? आख़िर मैंने हिम्मत करके अर्ज़ किया:

"बात ये है कि जो तकल्लुफ़ात मेरे सिलसिले में बरते जा रहे हैं। वो आरज़ी[8] तौर पर तो ख़ैर मुनासिब थे मगर मुस्तक़िल तौर पर ये कैसे हो सकता है कि मेरा तमाम बार आप ही पर रहे।"

नुज़हत ने फिर जज साहब पूछा। "डैडी क्या मतलब हुआ बार का? यानी उनका मतलब ये है कि कब तक उनकी ज़िम्मेदारियाँ हमारे सर रहेंगी?

जज साहब ने कहा "उन ही से पूछो डार्लिंग कि उनकी बकवास का क्या मतलब है। ये तो निरे मौलाना निकले।"

मैंने कहा "मैं इसलिए अर्ज़ कर रहा हूँ कि मेरी आदतें ख़राब हो रही हैं। जो तनख़्वाह मेरी मुक़र्रर हुई है। उस तनख़्वाह का आदमी मोटर नहीं रख सकता। फिर मुझ को क्या हक़ है कि आप की क़ीमती कार मुस्तक़िल तौर पर इस्तेमाल करता रहूँ?"

नुज़हत ने तअज्जुब से कहा "तो क्या आप बाइसिकल पर जाना चाहते हैं कॉलेज। या पैदल जाने का इरादा है?"

शफ़क़त ने कहा। "ग़ालिबन इस में कोई शरई-ख़लल[9] वाक़े हो रहा है।"

एजाज़ ने भी लुक़्मा दिया। "साहब! ये तो खुली हुई बात है कि मोटर इस्लामी सवारी नहीं है।"

मैंने कहा "मैं इस वक़्त संजीदगी से किसी नतीजे पर पहुँचना चाहता हूँ और आप लोग चाहते हैं कि बात मज़ाक़ में टल जाए।"

जज साहब ने धुएँ के बादल उड़ाते हुए कहा "संजीदगी से मौलाना आप सिर्फ़ इस नतीजे पर मेरी तरफ़ से पहुँचाए जा सकते हैं कि मैं बड़ा बेतकल्लुफ़ क़िस्म का आदमी हूँ, और बहुत सफ़ाई से बात भी करता हूँ। अगर मुझे आप की वज्ह से कोई तकलीफ़ होती तो मैं हर्गिज़ वो तकलीफ़ न उठाता। हाँ अगर आप को कोई तकलीफ़ है यहाँ तो मैं ये भी नहीं चाहता कि आप ख़्वाह-म-ख़्वाह वो तकलीफ़ उठाएँ।"

मैंने कहा। "मुझे सिवाए इसके कोई तकलीफ़ नहीं है कि आख़िर मैं कब तक मेहमान की हैसियत से रहूँ।"

अब बेगम साहिबा भी बोलीं। "आई सी। तो गोया तुम मेहमान बन कर रह रहे हो?"

जज साहब ने बड़े वुसूक़[10] से फ़रमाया। "अब तो भई तुम वाक़ई मौलाना हो। बेबी ने तुम्हारा बिल्कुल ठीक नाम रखा है। मौलाना।"

शफ़क़त ने कहा। "अंकल! आप ख़्वाह-म-ख़्वाह की बहस में पड़ गए। उन से कहिए कि अगर ये अलैहदा मकान लेना चाहते हैं तो शौक़ से ले लें। क़यामत तक तो मकान नहीं मिल सकता।"

जज साहब ने कहा। "देखो मिस्टर मौलाना। अगर तुम्हारा यही इरादा था तो तुम को यहाँ आ कर किसी होटल में ठहरना चाहिए था। मुझे हर्गिज़ कोई शिकायत न होती। मगर जब तुम मेरे घर आ गए तो अब उस घर में अपने को मेहमान समझना ये तुम्हारा मौलाना-पन है। जिस तरह रह रहे हो। चुपके रहते रहो। मैं रिश्तेदारी का इतना क़ाइल[11] नहीं हूँ जितना दोस्ती का क़ाइल हूँ। और तुम को मैं अपना एक दिलचस्प दोस्त समझता हूँ।"

चची जान ने फ़रमाया। "मौलाना! बेटे यहाँ सच-मुच दोस्ती ही चलती है। शफ़क़त। एजाज़ नुज़हत सब उनके दोस्त हैं और तुम से भी यही चाहते हैं कि तुम बेतकल्लुफ़ दोस्त बन कर रहो।"

मैं उस वक़्त तो चुप हो रहा। मगर वालिद साहब को ख़त में अपनी ये सारी उलझन लिख दी कि आख़िर मैं क्या करूँ। कब तक मुफ़्त की रोटियाँ तोड़ूँ। उनका जवाब आया। कि उसकी तरकीब सिर्फ़ ये है कि तनख़्वाह मिले। तो ला कर अपनी चची को दे देना। अगर उन्होंने तनख़्वाह लेने से इंकार किया तो फिर मैं उनको ख़त लिखूँगा।

* * *

---

1. बंजर ज़मीन को रहने या खेती योग्य बनाने का विभाग 2. नेमत को झुटलाना 3. पहुँच 4. देहाती 5. ख़र्चे, व्यय 6. नियुक्त, निश्चित 7. विशेष, प्रमुख 8. अस्थिर, थोड़ी देर का 9. इस्लामिक कानून में आने वाली बाधा 10. आत्मविश्वास 11. मुरीद, प्रशंसक

राजा की आएगी बारात

जज साहब के हक़ीक़ी भतीजे शफ़कत और चची जान के भाँजे एजाज़ मेरी तरह इसी अस्तबल में न जाने कब से बँधे हुए थे। शफ़क़त मियाँ बी ए से भागे हुए एक अप-टू-डेट नौजवान थे। जिन को दिन-रात सिर्फ़ ये फ़िक्र रहती थी कि विलायत से जो ताज़ा फ़ैशन आए उस की इब्तिदा इस मुल्क में उन ही से हो। सूरत-शक्ल के तो ख़ैर ग़नीमत[1] क़िस्म के थे। मगर जामा-ज़ेब[2] बला के वाक़े हुए थे और अंग्रेज़ियत कुछ समा गई थी। उन में कि रात का खाना अगर डिनर सूट पहने बग़ैर खा लें तो हाज़मा ख़राब हो जाए, और अगर किसी रात डांस न कर सकें तो अपने को बीमार समझते रहें। वो अपने मख़्सूस औक़ात[3] के शिद्दत से पाबन्द थे कि सुब्ह आठ बचे बैदार होना, और बेड टी लेना फिर ख़ालिस विलायती अन्दाज़ में बेरे को पुकार कर हुक्म देना "ग़ुस्ल लगाओ" और ग़ुस्ल ख़ाने जाते वक़्त हिदायत कर जाना कि "कपड़े लगाओ" मुख़्तसर ये कि वो इसी क़िस्म की न जाने क्या क्या इल्लतें[4]

लगाए हुए थे। एजाज़ मियाँ इतने नजीबुत्तरफ़ैन[5] अंग्रेज़ तो न थे मगर थे ये हज़रत अपने वक़्त के मुहम्मद फ़ाज़िल[6] तालीम न जाने कहाँ छोड़ कर अब दिन रात ये ख़्वाब देख रहे थे कि नुज़हत से शादी हो गई तो जज साहब ख़ुद ही विलायत वग़ैरा भेज कर, उनको अपने दामादी के क़ाबिल बना देंगे, मगर थे ये हज़रत बड़े सियासी आदमी और चन्द ही दिन में ये अन्दाज़ा हो गया कि शफ़क़त और एजाज़ दर-अस्ल एक दूसरे के हरीफ़[7] वाक़े हुए थे। शफ़क़त तो निहायत सतही क़िस्म का एक बेवक़ूफ़ सा आदमी था। मगर ये हज़रत बड़े गहरे थे, उन की तमाम तर कोशिश यही थी कि शफ़क़त को जहाँ तक हो सके। अज़-ख़ुद ग़लत बनाए रखें ताकि उस की हिमाक़त रासिख़[8] हो जाएँ और ख़ुद ये हज़रत जज साहब उन की बीवी और नुज़हत के निहायत अदा-शनास वाक़े हुए थे। और अपने को उनकी मर्ज़ी के ऐन मुताबिक़ ढालने में शब-ओ-रोज़ मसरूफ़ थे। मसलन जज साहब के मुतअल्लिक़ उन का मुताला ये था कि ये बड़े मियाँ शफ़क़त की इस इन्तिहा को पहुँची हुई अंग्रेज़ियत को कुछ बहुत ज़्यादा पसन्द नहीं करते बल्कि वो कई मर्तबा कह भी चुके हैं कि शफ़क़त ने अपनी ज़िन्दगी का जो मेयार बना रखा है। ये अपनी निजी ज़िन्दगी में चूँकि इस मेयार पर ज़िन्दगी बसर नहीं करते। लिहाज़ा उन को इस का कोई हक़ नहीं कि अपनी आदतें इस तरह ख़राब करें। एजाज़ ने जज साहब की इस राय से ये फ़ायदा उठाया कि बावजूद फ़ैशनेबल क़िस्म की ज़िन्दगी बसर करने के जहाँ तक हो सका सादगी से काम लिया। बेड टी वो भी लेता था मगर हीरे से "ग़ुस्ल लगाओ" नहीं कहता था बल्कि

निहायत ख़ामोशी से नहा-धो कर वाजिबी से सलीक़े के साथ कपड़े पहन लेता था। सुब्ह उठ कर जूते पर ख़ुद पालिश कर लेता था। जज साहब ने इस बात से रोका भी। मगर उसने ज़माना-साज़ी से काम ले कर यही कह दिया कि अपना काम करने में क्या मुज़ाइक़ा[9] है। मुझे अपने हाथ से अपने जूते पर पालिश करके जो इत्मीनान होता है वो नौकर से पालिश करा के नहीं होता और उसे मालूम था कि जज साहब इन बातों से ख़ुश होते हैं। शफ़क़त अपनी हिमाक़त से समझता था कि उस की जामा-ज़ेबी और सूरत-गरी से नुज़हत उसकी दिलदादा हो जाएगी। मगर एजाज़ जानता था कि औरत मर्द को हसीन देखने से ज़्यादा ये देखना चाहती है कि मर्द उसको हसीन देख रहा है। चुनांचे बजाए उसको कि वो नुज़हत का हरीफ़ बनता उसने अपने को नुज़हत का परस्तार[10] साबित करने की कोशिश की। वो शफ़क़त की तरह ख़ुद हुस्न के पिन्दार[11] में मुब्तला न रहा बल्कि नुज़हत को उस पिन्दार में मुब्तला करके उसके क़रीब आने की कोशिश करता रहा। शफ़क़त की तरह एजाज़ का ख़याल ये न था कि शौहर के इन्तिख़ाब में नुज़हत की राय क़तई और आख़िरी राय है बल्कि वो जानता था कि ये फ़ैशनेबल घराना ख़्वाह कितनी ही अंग्रेज़ियत में क्यों न मुब्तला हो। मगर उस सब की रगों में मशरक़ी ख़ून है और वैसे तो सब मग़रिब-ज़दा नज़र आते हैं मगर नुज़हत की शादी के बाब में नुज़हत की मम्मी अन्दुरूनी तौर पर मम्मी नहीं बल्कि माँ है और नुज़हत के डैडी भी अगर सच पूछिए तो डैडी से ज़्यादा ख़ालिस अब्बा जान वाक़े हुए हैं। लिहाज़ा वो अपनी ख़ाला की इताअत[12] ख़ालिस मशरक़ी अन्दाज़ में

कर जाता था जिस का उन पर बड़ा गहरा असर पड़ रहा था और ख़ुद एजाज़ को अन्दाज़ा हो रहा था कि रफ़्ता-रफ़्ता उस ने शफ़क़त से ज़्यादा उन में से हर एक का क़ुर्ब[13] हासिल कर लिया है।

ख़ैर ये तो दोनों हरीफ़ अपनी-अपनी जगह पर समझ रहे थे मगर मैंने उन हालात का मुताला करके एक तीसरा ही नतीजा अख़्ज़ किया था कि जज साहब और उन की बेगम साहिबा उन दोनों में से किसी के मुतअल्लिक़ इस नुक्ता-ए-नज़र से ग़ौर ही नहीं कर रहे थे कि उन में से किसी को अपना दामाद बनाना है। अल्फ़ाज़ में ख़्वाह वो न कहें मगर उनके अन्दाज़ से मालूम होता था कि वो उन दोनों को सख़्त नाकारा समझते थे। अब मसलन ये एक मामूली सी बात है कि शफ़क़त या एजाज़ दोनों में से किसी की मजाल न थी कि वो जज साहब या नुज़हत दोनों में से किसी की कार इस्तेमाल कर सकें। उनके साथ कही चले जाएँ ये दूसरी बात है मगर ये हक़ किसी को न था कि ड्राइवर से ख़ास अपने लिए गाड़ी निकालने को कहे। एजाज़ तो ख़ैर इस बात को समझता था मगर वो विलायती चुग़द शफ़क़त कई मर्तबा इस सिलसिला में मुँह की खा चुका था। अभी चन्द दिन हुए ये हज़रत निहायत क़ीमती सूट पहने, मोटा सिगार दबाए अपने कमरे से निकले और जज साहब से कहा। "अंकल! मुझे देर हो गई है। ज़रा ड्राइवर से कह दीजिए कि मुझे क्लब तक छोड़ आए। तो जज साहब ने निहायत रुखाई से कहा "ये ग़लत है मिस्टर! देर करने के ज़िम्मेदार आप ख़ुद हैं। इस की सज़ाएँ क्यों भुगतूँ कि अपनी गाड़ी आप के हवाले कर दूँ।"

उस अहमक़ ने इस पर बुरा मान कर कहा। "आप की गाड़ी आख़िर दूसरों के हवाले रहती ही है।"

जज साहब ने मेरी तरफ़ इशारा करके कहा। "ग़ालिबन आप की मुराद शहाब मियाँ से है। बेशक मेरी गाड़ी उनके हवाले इसलिए रहती है कि ये बड़ी सरकार हैं। कमाते हैं इनको मैं इस का मुस्तहिक़[14] समझता हूँ।"

इस जवाब पर वो तो सिर्फ़ जल-भुन कर रह गया। मगर मैं इस नतीजे पर पहुँच गया कि जज साहब उन हज़रात की बे-रोज़गारी से किस क़दर आज़ुर्दा[15] थे और उनकी क्या क़ीमत थी जज साहब की नज़रों में मगर सवाल ये था कि वो करते भी तो क्या करते। ग्रैजुएट होना उनकी क़िस्मत में न था। और ज़िन्दगी का मेयार ऐसा बना चुके थे कि मामूली मुलाज़िमत ख़ातिर में न लाते थे। नतीजा ये कि इसी इन्तिज़ार में थे सब से बड़ा ओहदा ये है कि जज साहब उन को अपनी ग़ुलामी में क़ुबूल कर लें। बहर-हाल वो तो कुछ भी हो मगर जज साहब और चची जान की ख़ुसूसी शफ़क़त ने जो मेरे साथ थी। उन हज़रात को खुल्लम-खुल्ला और एजाज़ को दर-पर्दा मेरा भी हरीफ़ बना दिया था। हालाँकि जहाँ तक जज साहब की दामादी का तअल्लुक़ है, न मैंने कभी ये ख़्वाब देखा था न कभी ये ख़याल मेरे ज़ेहन के किसी गोशे में आया बल्कि जब कभी ये दोनों अपनी-अपनी जगह मुझ से ये ज़िक्र छेड़ते कि अन-क़रीब वो जज साहब के दामाद हो जाएँगे तो मेरी दुआएँ उनके साथ होतीं और मैं उन दोनों की इस बात का यक़ीन दिलाता रहता था कि मैं उस मैदान में उन का हरीफ़ हर्गिज़ नहीं हूँ। एजाज़ तो ख़ैर चुप था मगर शफ़क़त ने तो

एक दिन मुझ से यहाँ तक कह दिया कि साहब! आप की ये नीयत न सही। मगर आप के मुआमले में इस बुड्ढे की नीयत में फ़ुतूर[16] ज़रूर है।

और मैं ला-हौल पढ़ कर इस बात को टाल गया था और उसको यक़ीन दिला दिया था कि वो अपने को इन ग़लत फ़हमियों में मुब्तला न रखे।

उन मसख़रों को जिस नुज़हत से शादी की उम्मीदें थीं उस नुज़हत को अभी इस घर में शादी के क़ाबिल ही न समझा जाता था। वो लाख जवान सही। उसकी उम्र भी यक़ीनन शादी के क़ाबिल थी। मगर जज साहब उन अगले वक़्तों के लोगों में से न थे जो उसके क़ाइल हुआ करते थे कि जवान लड़की घर में हो तो माँ बाप की नीन्द हराम हो जाती है। ला-हौला वला क़ुव्वता, अभी तो नुज़हत नाम-ए-ख़ुदा बेबी कहलाती थी किसी दक़ियानूसी घर में होती तो बड़ी बूढ़ियाँ उस ग़रीब की ज़िन्दगी अज़ाब कर देतीं कि जवान-जहान लड़की में लड़कियों के से ढंग होना चाहिएँ। दुपट्टा ठीक से ओढ़े, बे-आवाज़ की हँसी हँसे। फूँक-फूँक कर क़दम रखे। दिन-रात ग़रीब टोकी जाती कि "साहिबज़ादी लड़की ज़ात और ये हड़ोंगे![17] आँखों का पानी ही ढल गया है। तौबा है बीबी। ये भी भला दुपट्टा ओढ़ने का कोई अन्दाज़ है कि बत्ती बना कर दुपट्टा गले में डाल लिया है और मुँह झाड़ सर फाड़ छलावे की तरह उचकती फिर रही है इधर से उधर, यहाँ दुपट्टा के बत्ती बनने का सवाल ही पैदा नहीं होता था। इसलिए कि दुपट्टा ही एक सिरे से ग़ायब था। एक आध मर्तबा नुज़हत को साड़ी बाँधे ज़रूर देखा। मगर उसका आँचल भी सर पर

कभी नज़र न आया। बाल कटे हुए यूँ ही हवा में फरफराया करते थे और सीधी चाल तो शायद ही कभी चलते उसे देखा हो। हिरनियों की तरह सारे घर में कलीलें करती फिरती थी। नाचना वो सीख रही थी। उस्ताद बाक़ायदगी से आ कर तबले और हारमोनियम पर उसको थिरकना सिखा रहे थे। और जब कभी जज साहब के यहाँ कोई खाना होता था। उस में नुज़हत का डांस ज़रूर होता था। रेडियो प्रोग्राम पर फ़िल्मी रिकॉर्ड चढ़ा दिए और नुज़हत ने उस गाने को अपने नाच से सजा दिया। जज साहब ख़ुद बड़े फ़ख़्र से अपने दोस्तों को ये नाच दिखाया करते थे और फ़रमाइश करते थे कि "डार्लिंग" वो डांस हो जाए ज़रा। "राजा की आएगी बरात" चुनांचे ये रिकार्ड लगा दिया गया और नुज़हत ने पैरों में घँघुरू बाँध कर ऐसा नाच दिखाया कि सब हैरान रह गए और नाच ख़त्म होने पर तालियों से कमरा गूँज उठा और एक नाच क्या है बैडमिन्टन वो खेले। पैराकी वो करे, साइकिल पोलो खेले और उस की उस खेलती कूदती जवानी का नाम उस घर में बचपन था। और वो सत्रह-अठारह साल की औरत आप की दुआ से बेबी कहलाती थी।

अगर किसी पुराने ज़माने की रूह ने जज साहब की बेगम साहिबा से नुज़हत की शादी का ज़िक्र छेड़ा भी तो वो हँस कर टाल दिया करती थीं कि "शादी अभी कैसी? अभी वो बच्ची है। यही तो उसके खेल कूद के दिन हैं।"

और वो बच्ची अपनी भरपूर जवानी से ख़ुद भी बे-ख़बर माँ बाप से वाक़ई बच्चों की सी ज़िद करती थी। इठलाती थी और उसके तरह-तरह के चोंचले होते थे। मसलन उस ने

ज़िद करके राइडिंग के लिए हाल ही में घोड़ा ख़रीदा था और आजकल हर सुब्ह वो बिर्जिस[18] पहन कर रान सवारी[19] भी फ़रमाती थीं। उन हालात में उसकी शादी का अभी सवाल ही कब पैदा होता था? अहमक़ थे वो जो शादी के ख़्वाब देख रहे थे।

* * *

---

1. ठीक ठाक 2. जिस व्यक्ति के शरीर पर कपड़े शोभा दें 3. वक़्त, समय का बहुवचन 4. रोग 5. जिनके माता-पिता दोनों अच्छे वंश के हों 6. मदरसों की उपाधि, वहुत शिक्षित 7. विरोधी 8. कट्टर, सुदृढ़ 9. संकोच, हर्ज 10. पूजने वाला 11. घमंड, अभिमान 12. सेवा 13. नज़दीकी, निकटता 14. हक़दार, लायक़ 15. नाराज़, परेशान 16. दोष, ख़राबी 17. उधम 18. शिकारियों का लिबास, कपड़ा 19. घोड़े की सवारी